JOESI PROKOPETZ

Der Frauenausborger

JOESI PROKOPETZ

Der Frauenausborger

EIN JOESI PROKOPETZ KRIMI

Diese Geschichte ist frei erfunden. Tatsächlich existierende Personen und Firmen wurden verändert und/oder vom Autor ausgedacht, Geschehnisse anderen und/oder fiktiven Personen zugeordnet. Verbleibende Übereinstimmungen mit etwaigen realen Personen wären somit rein zufällig und sind nicht gewollt.

Sämtliche Angaben in diesem Werk erfolgen trotz sorgfältiger Bearbeitung ohne Gewähr. Eine Haftung der Autoren bzw. Herausgeber und des Verlages ist ausgeschlossen.

1. Auflage 2024
Copyright © by Joesi Prokopetz
Copyright deutsche Erstausgabe © 2024 Servus Verlag bei Benevento Publishing Salzburg – Wien, einer Marke der Red Bull Media House GmbH, Wals bei Salzburg

Alle Rechte vorbehalten, insbesondere das des öffentlichen Vortrags, der Übertragung durch Rundfunk und Fernsehen sowie der Übersetzung, auch einzelner Teile. Kein Teil des Werkes darf in irgendeiner Form (durch Fotografie, Mikrofilm oder andere Verfahren) ohne schriftliche Genehmigung des Verlages reproduziert oder unter Verwendung elektronischer Systeme verarbeitet, vervielfältigt oder verbreitet werden.

Medieninhaber, Verleger und Herausgeber:
Red Bull Media House GmbH
Oberst-Lepperdinger-Straße 11–15
5071 Wals bei Salzburg, Österreich

Satz: MEDIA DESIGN: RIZNER.AT
Gesetzt aus der Palatino, Fave Script Bold Pro, Creato Display Extrabold
Umschlaggestaltung: zero-media.net, München
Umschlagmotive: FinePic®
Printed by CPI books GmbH, Germany
ISBN: 978-3-7104-0344-6

»Das Leben ist der Güter höchstes nicht.«
Friedrich Schiller

Ich heiße Rainer Caofal, und ich bin tot.

Erschlagen, wie ich meine. Vermutlich mit dem beliebten stumpfen Gegenstand. Eine auf den Hinterkopf und – Licht aus.

Wer mich erschlagen hat, weiß ich nicht. Ich habe hinten keine Augen.

Das Letzte, was ich gesehen habe, war das gerahmte Poster mit dem Monet-Motiv *Frau mit Sonnenschirm*, welches gegenüber der Türe zu Hermines Luxuszimmer hängt, aus dem ich gerade ziemlich aufgewühlt herausgekommen war.

Hermine war vermögend gewesen und hat daher nicht nur ein Zimmer mit Kochnische und kleinem Bad gehabt, wie zum Beispiel ich und die meisten in der Seniorenresidenz *Juventus*, sondern zwei Zimmer, davon ein Schlafzimmer mit Queen-Size-Bett, eine richtige Küche inklusive Essbereich, Kabinett und Abstellkammer. Offiziell heißt es Apartment, nur die nicht so Begüterten sagen Luxuszimmer. Wie die weniger Wohlhabenden alles, was über ihren leistbaren Standard hinausgeht, mit einer gewissen Häme verunglimpfen. Die wenigen, die ein Apartment bewohnen, werden von den anderen in neidischer Solidarität herablassend behandelt. Missgunst und Eifersucht lassen auch im Alter und in einem Altenheim – nichts anderes ist das *Juventus*, auch wenn es großspurig »Seniorenresidenz« heißt – nicht nach.

Im Gegenteil.

Hermine ist all dem vermehrt ausgesetzt gewesen, weil sie – Mitte siebzig – noch sehr ansehnlich und darum dem Neid der alten Leute im Heim vermehrt ausgeliefert war.

Es gibt Filme und Bücher, wo das Opfer aus dem »Jenseits«, wie es heißt, den Ermittlern durch kryptische Signale und unklare Hinweise »behilflich« ist.

Das ist Unfug.

So viel kann ich als »Kurzzeittoter« bereits sagen.

Tot ist tot, und mit den sogenannten Lebenden auch nur im Entferntesten Kontakt aufzunehmen oder ihnen gar behilflich zu sein ist nicht möglich. Genauso, wie es umgekehrt den Lebenden vollständig unmöglich ist, mit – jetzt hätte ich beinahe »uns« gesagt – den Toten in Verbindung zu treten.

Es ist eigentümlich, dass es keine eigene Vokabel für »tot sein« gibt, sondern nur die grammatisch schwammige Umschreibung mittels eines Adjektivs (tot) und eines Hilfszeitwortes (sein) zur Verfügung stehen.

»Sein« aber bedeutet ja – im Wesentlichen – »existieren«, und wenn man tot ist, existiert man nicht, also ist »tot sein« eine *contradictio in adiecto**, somit ein hoch merkwürdiger Zustand. Das Sein, das »Am-Leben-Sein«, hat ja eine Qualität. Ich schließe, zumindest zurzeit, nicht aus, dass das Nicht-Sein auch eine, wenn auch eine diffuse Qualität hat.

Ja, und dass ich nicht vergesse zu erzählen:

Ich bin ein »Frauenausborger«.

Gewesen.

---

* Widerspruch in sich

»Frauenausborger« scheint auf Anhieb selbsterklärend, hat aber einen opulenten Begriffsinhalt.

Ein Frauenausborger ist ein Mann, der sich von anderen – meist befreundeten oder zumindest mit ihm bekannten – Männern Frauen »ausborgt«. Er »jagt« in diesen Gefilden, weil er die Frau schon kennt, die er zu borgen gedenkt. Er braucht keine Fremde mehr anzulabern, sondern nur die Gunst der Stunde bei der ihm bereits bekannten Dame abzuwarten oder herbeizuführen. Denn der Frauenausborger ist von Natur aus schüchtern. Er geht, was die ephemere erotische Betreuung einer einem anderen zugehörigen Dame betrifft, den Weg des geringsten Widerstandes.

Gleich eingangs ist zu erwähnen, dass es auch »Männerausborgerinnen« gibt, deren Bemühungen aber in der Mehrzahl einem ganz unterschiedlichen Impetus folgen. Ihre Anstrengungen laufen überwiegend darauf hinaus, den Lebenspartner einer anderen Frau nicht nur auszuborgen, sondern ihr diesen wegzunehmen und an sich zu binden.

Die Vokabel »binden« macht den entscheidenden Unterschied zum Frauenausborger aus, der grundsätzlich keine Bindung wünscht und schon gar keine Beziehung sucht. Beliebt ist der Frauenausborger in seinem mit der Zeit kontinuierlich kleiner werdenden Freundeskreis nicht; eher gefürchtet, weil ja keiner weiß, ob er die eigene Frau nicht auch schon ausgeborgt hat, vielleicht sogar mehrmals.

Dabei ist der Frauenausborger für gewöhnlich kein durch und durch schlechter Mensch. Ja, er mag narzisstisch und persönlichkeitsgestört sein, ist aber kein »Spaltpilz«, wie man sagt, lässt er doch die von ihm maximal mittelfristig geborgte »Beziehung« nach »getaner Arbeit« wieder auf den herkömmlichen Wegen weiterlaufen.

Der routinierte Frauenausborger empfindet heimliche Freude, wenn er zwischen dem Paar, dessen Gesellschaft er – als Dritter – möglichst unaufdringlich sucht, ja, die ihm manchmal sogar unterschwellig angeboten wird, Meinungsverschiedenheit und Unstimmigkeit bemerkt. Den Anstoß zu raffiniertem Buhlen gibt dem Frauenausborger in der Mehrzahl der Fälle – unbewusst – die Frau. Frauen sind oft gekränkt oder zumindest deutlich indigniert.

Der Partner bemerkt das zwar, agiert aber im Rahmen der weiblichen Wahrnehmung nur plump.

Sie: (Blickt schweigsam, gelegentlich seufzend, vor sich hin.)

Er: »Was hast du denn?«

Sie: »Nichts.«

Er: »Was heißt nichts? Du hast doch was.«

Das geht eine Zeit ergebnisoffen so weiter, bis sie sich hinreißen lässt und ihm ihr Innerstes offenbart.

Er (in bagatellisierendem Tonfall): »Aber geh, das ist doch nichts.«

Wenn der Frauenausborger in einer solchen Beziehungsphase die Szene betritt, sind seine Chancen besonders gut.

Gerda

Ich erinnere mich noch ziemlich genau an das Ausborgen Gerdas von ihrem Mann, Klaus. Ich kannte Klaus recht gut. Er hielt mich wahrscheinlich sogar für seinen »Freund«. Er war, konnte man sagen, ziemlich einfach gestrickt. Gerda übrigens auch.

Sie war, soweit ich mich erinnere, meine erste wirklich meisterhafte Ausborgung.

Gegen 14 Uhr an einem Samstag schlägt Gerda mit einem Kopfpolster auf Klaus ein, der, unterbrochen von heiseren Kehllauten, noch in Hemd, Hose und mit einem Schuh bekleidet auf dem gemeinsamen Bett liegt und mit dem Gefühl auf ihn fallender Felsbrocken widerwillig zu erwachen beginnt.

»Lass mich schlafen«, krächzt er und hält sich die Arme schützend über den Kopf.

»Bitte, es ist zwei Uhr nachmittags, steh auf und dusch dich. Das ganze Schlafzimmer stinkt wie ein Puff!«

»Lass mich in Ruh«, fleht Klaus kraftlos in seinen Polster hinein, »mir ist schlecht!«

»Steh auf! Um halb vier kommt meine Schwester mit den Kindern und dem Thomas.«

»Die zwei Bankerten kommen auch?«, raunzt Klaus, richtet sich im Bett halb auf, um gleich vermittels eines Seitwärtshakens mit dem Polster wieder umzukippen.

»Wer sind denn bei dir Bankerten? Du ... du Hurenbock, du. Glaubst, ich weiß nicht, dass du bei den Nutten warst, du ...«

»Ilona, äh, Gerda, i schwör da ...«

»Ilona! Wer! Ist! Ilona!?« Und im Rhythmus der Worte saust der Kopfpolster auf Klaus nieder.

Er sitzt jetzt instabil aufrecht am Bettrand. »Ilona? Wer soll das sein? Wie kommst du auf Ilona?«

»Du hast doch gerade Ilona zu mir gesagt!«

»Ich? Ich hab doch nicht ... Gerda, i schwör da ...«

»Geh ins Badezimmer und versuche, wieder einen Menschen aus dir zu machen. Wirst dich bemühen müssen, denn du hast nur knapp eineinhalb Stunden Zeit dafür.«

Klaus steht auf wackeligen Beinen unter dem Wasserstrahl der Brause und erholt sich kein bisschen.

Ilona, geht es ihm durch den Kopf, *wie komm ich auf Ilona?*, bis ein unscharfes Bild vor sein inneres Auge tritt. Er mit offener Hose hingestreckt auf einer »relativen« Matratze und über ihm eine ziemlich junge Frau, die sehr sorgfältig überschminkt, mit – ja – reizendem ungarischen Akzent haucht: »Ich heiße Ilona«, und ihre Brustwarzen pathetisch mit vorher aufreizend abgeschleckten Fingerspitzen liebkost.

Ein eisig kalter Wind bläst das Bild samt Nebel hinweg. Die Duschkabinentür wird nämlich aufgerissen, und Gerda streckt ihm die zerwuzelte Rechnung mit vor Wut zitternden Händen entgegen: »Und was ist das, bitte?«

Klaus steht unter der Dusche und bedeckt seinen Körper mit den Händen, wie es einst Adam im Paradies getan haben mochte, als er von dem Apfel abgebissen und bemerkt hat, dass er nackt ist. »Ich weiß nicht«, stammelt er und fürchtet, in Ohnmacht zu fallen, denn das auf ihn prasselnde Wasser hört sich für ihn an wie die Sintflut und das sonst unter der menschlichen Wahrnehmungsgrenze liegende Rascheln des Papierfetzens in Gerdas zitternder Hand wie der Lärm, den eine heftig geschüttelte Blechplatte macht, um am Theater Donner zu simulieren.

»7.300 Schilling! 7.300 Schilling für eine Heinz-Chudaczek-Nachtbar-Betriebs-GmbH?«

»Gerda, i schwör da ...«

Das Folgende ist nicht mehr zu hören, weil sie die Duschkabinentür derartig zupfeffert, dass die aus ihrer Führungsschiene springt.

Klaus wäscht sich, stets einen Herzstillstand fürchtend, in Slow Motion den schmierigen Film der Sünde vom Körper und starrt blödsinnig in das schwarze Loch seines erheblichen Gedächtnisverlustes. Ich muss, grübelt er, wenn ihre Mischpoche kommt und sie mit den beiden Kindern herumtrottelt, den Rainer anrufen. Der war doch mit, oder?

Natürlich war ich mit.

Ich habe Klaus in Heinz Chudaczeks Nachtbar-Betriebs-GmbH, besser bekannt als *Love Island*, abgeliefert und bin dann, als Klaus bereits fremdbestimmt mit der anschmiegsamen Ilona aufs Zimmer getaumelt ist, nach Hause gefahren. Denn das wäre das Mindeste gewesen, was Gerda von einem anständigen Mann wie mir erwartet hätte.

Mit spürbarer Anstrengung begrüßt Klaus die Familie von Gerdas Schwester, samt den reizenden, auf der anderen Seite sehr temperamentvollen Kindern und Thomas, dem streng pointenlosen Gatten und Vater.

Der präsentiert sofort die ungünstige Veranlagung aller Pointenlosen, indem er Klaus in blödsinniger Überschwänglichkeit die Hand so richtig schüttelt und – vorauseilend erheitert – sagt: »Was is mit du?«

Darauf Klaus: »Alles im grünen Bereich.«

»Besonders im G'sicht«, poltert Thomas, während die beiden aufgeweckten Leibesfrüchte sich an Klaus hängen und krähen: »Klausi, spiel mit uns Verstecken!«

Klaus leidenschaftslos: »Ja, Kinder, versteckt euch!«

»Was hat er denn?«, fragt die Schwester, »ist mit ihm was?«

»Geh«, entgegnet Gerda mit Ekel in der Stimme, »kümmer dich gar nicht um den. Der ist Luft für mich.«

Die Kinder verstecken sich geräuschvoll, und Klaus vergisst zunächst, sie zu suchen, bis die Schwester pikiert bemerkt: »Wenns d' schon mit ihnen Verstecken spielst, musst sie auch suchen.«

»Ich will sie eigentlich gar nicht finden«, räsoniert Klaus, schlurft im Wohnzimmer herum und verschwindet im Nebenzimmer, während er mit belegter Stimme vollkommen desinteressiert sagt: »Ja, wo sind sie denn? Die haben sich aber gut versteckt, die Kinder«, macht er die Tür hinter sich zu und ruft mich an.

Ich: »Klaus, wie geht's? Bist du gut nach Haus kommen? Ich hab mir schon Sorgen gemacht.«

Klaus (flüsternd): »Bitte, was war gestern? Ich kann mich an nichts mehr erinnern und ...« (senkt die Stimme abermals) »... wer ist Ilona?«

Ich: »Die Ilona?« (Schnalze mit der Zunge.) »Die Ilona ist ein Leckerbissen, was?«

Klaus: »Ja? An dem Bissen werde ich noch lang kiefeln müssen. Die Gerda ist total angfressn auf mich.«

Ich: »Aber geh, das wird schon wieder.«
Klaus: »Ich glaub, am meisten ist sie angfressn, weil ich über 7.000 Schilling aus'geben hab.«
Ich: »Was?«
Klaus: »Ja, sie hat den Abbuchungsbon von meiner Kreditkarte gefunden.«
Ich: »Klaus, hörst! Wie oft hab ich dir schon gesagt, wenn man ins Puff geht, keine – aber schon gar keine – Belege aufheben. Sofort wegschmeißen!«
Klaus: »Ich glaub, die Gerda will sich scheiden lassen.«

Bei solchen Äußerungen erschrickt der Frauenausborger, denn nichts will er weniger, als nach gehabtem Erfolg mit einer geschiedenen Frau dazustehen, die dann vielleicht eine weiterführende Beziehung wünscht oder gar »Liebe« herbeisehnt.

Ich: »Also, jetzt wollen wir doch nicht gleich allzu optimistisch sein. Ich red mit der Gerda, ich renke das wieder ein.«
Klaus: »Danke, Rainer. Und bitte: Sag nix von dieser Ilona oder vom ...«
Ich: »*Love Island*?«
Klaus: »Ja. Nichts sagen, mehr so ... tiefenpsychologische Sachen mit ihr reden.«
Die Kinder reißen die Tür auf, laufen ins Nebenzimmer und schreien: »Klausi, Klausi, du hast uns nicht gefunden, haha!«
»Werdets ihr euch sofort wieder verstecken, ihr zwei«, ruft Klaus den Kindern zu und wispert ins Telefon: »Also, ja nix sagen ...«
Ich: »Keinesfalls! Was glaubst denn du von mir?«

Jetzt hat der Frauenausborger die erste Hürde übersprungen. Er hat nicht nur das Vertrauen des künftigen Hahnreis, er tut ihm – so glaubt jener – sogar noch einen Gefallen, ja mehr: einen Freundschaftsdienst.

»No, was sagt das Fräulein Ilona?«, ruft Gerda, just als Klaus die Tür aufmacht und ein wenig erleichtert ins Wohnzimmer tritt.

Die Verwandtschaft schaut Klaus unverwandt an, und Thomas verbalisiert diese Blicke: »Aha! Wer ist denn das Fräulein Ilona?«

»Ich kenn keine Ilona«, zuckt Klaus mit den Achseln.

»Bitte«, Gerda seufzt es fast weinerlich, »bitte redets ihn gar nicht an, diesen ...«

»Gerda, i schwör da ...«

»Halt's z'samm!«, zischt Gerda und schlägt mit der flachen Hand auf den Tisch.

Ich lehne mich zu Hause entspannt zurück, zünde mir eine Zigarette an. Ich überlege, wann der beste Zeitpunkt wäre, Gerda anzurufen. Es muss bald sein, zeitnah, wie heute gesagt wird. Was werde ich sagen, mit welchen Worten und in welchem Tonfall? Dieses – gewissermaßen – Erstgespräch will wohl bedacht sein.

Ich, der anständige Bursche, telefoniere in diesen Tagen ein paar Mal mit Gerda, verkaufe mich als Freund reinsten Wassers und deute bei jedem Telefonat behutsam an, wie segensreich es für ihre seelische Hygiene wäre, sich einmal – nur du und ich – heimlich zu treffen.

Ich kämpfe ja an zwei Fronten, denn ich muss mich selbstverständlich auch mit Klaus verabreden, um über alles zu reden.

Ich treffe ihn schon am Nachmittag, denn Klaus möchte spätestens um sieben zu Hause sein, um weitere Eskalationen zu vermeiden.

16.45 Uhr in einem Café, an einem Tisch, wo man seine Ruhe hat.

Klaus: »Was soll ich machen, wir reden kein Wort miteinander. Einmal hab ich's probiert mit Versöhnungssex ...«

Ich: »Und?«

Klaus: »... sie hat mir eine derartige Watschn gegeben ...«

Ich: »Den Sex kannst du jetzt einmal für eine Weile vergessen. Am besten ist, du tust so, als interessiert dich das überhaupt nicht. Und am allerbesten wäre es, du tust, als tätest dich vor ihr ein bissel ekeln. Du musst, wie man sagt, den Täter zum Opfer machen – oder umgekehrt, verstehst?«

Klaus: »Aber wenn, nur zum Beispiel, sie versucht, also von sich aus ...«

Ich: »Dann stoße sie angewidert von dir. Sie muss das Gefühl haben, dass sie als Frau versagt hat.«

Klaus: »Glaubst du?«

Ich: »Natürlich. Die Befürchtung, dass sie dich verliert, muss das Gefühl verdrängen, dass du sie verraten hast.«

»Gerda?«, ich rufe sie zum zweiten Mal an, »wegen unseres Treffens ...«

»Rainer, ja, ich glaube, der Klaus hat übermorgen ein Seminar irgendwo ... wenn's stimmt, haha«, sie lacht gekünstelt, »und bleibt über Nacht; da könnten wir uns treffen. Oder Rainer, weißt du was, komm einfach nach sechs bei uns ... bei mir auf einen Sprung vorbei; der Klaus muss es ja nicht erfahren.«

»Gern, Gerda, aber bitte, Klaus gegenüber solltest du mit offenen Karten spielen, ich möchte nicht, dass ...«

»Wie offen meine Karten sind, das musst du schon mir überlassen. Ich weiß, du bist ein anständiger Bursch, also mach dir keine Gedanken.«

Selbstverständlich gibt es garstige Männer, die anderen die Frauen »wegborgen«. Aber sie tun es nicht, wenn der »Pächter« ihr Freund ist; sie tun es zwar, wenn sie ihn bloß *kennen,* aber dann ist der Betreffende nicht ihr Freund. Graf Wronski in *Anna Karenina* zum Beispiel ist ein solcher, ein »Womanizer« reinsten Wassers, und stürzt sich in eine Affäre mit Anna, allerdings ohne über die Zartheit ihrer Frauenseele einen Gedanken zu verlieren. Wronski kennt ihren Gatten, Alexei Karenin, zwar, der war aber nie sein Freund. Er war ein Fremder. Wronski hat nicht ausgeborgt, sondern sich einfach in eine verheiratete Frau verliebt. Wäre der alte Karenin sein Freund gewesen, hätte er Anna wahrscheinlich nie angerührt. (Aber was weiß man bei Tolstoi schon.)

»Und«, sagt Gerda gerade, während wir in ihrer Küche sitzen und jeweils eine kleine Flasche Heineken trinken, »und ich möchte mich bei dir bedanken, dass du dich, wie soll ich sagen, so einsetzt für uns oder besser gesagt für mich, denn ein ›uns‹ wird es zwischen Klaus und mir nicht mehr geben.«

»Gerda, das ist doch selbstverständlich, noch dazu, wo ich ja ein wenig mit schuld bin, dass ihr jetzt diese Krise habt.« Ich lege meine Hand behutsam auf die ihre.

»Ihr seid beide meine Freunde, und ihr seid so was wie das Traumpaar für mich ... immer gewesen. Eine so schöne, kluge junge Frau und Klaus so ein ...«

»So ein Arschloch«, unterbricht Gerda.

»Klaus liebt dich wirklich.«

»Mach dich nicht lächerlich, Rainer. Es spricht für deine Anständigkeit, dass du dich für ihn verwendest.«

Sie habe die ganze Woche über Klaus nachgedacht, sagt sie, »wie er war, damals, vor zweieinhalb Jahren, das ist vorbei, das ist nicht mehr der Klaus von früher. Die Beziehung ist erstarrt, wenn du weißt, was ich meine.«

»Ich wäre froh, ich hätte so eine erstarrte Beziehung«, sage ich nachdenklich, um zu skizzieren, wie es tief drin in mir aussieht. »Ich bin seit über einem Jahr Single ... ha, was heißt Single, ich komme langsam in ein Alter, da ist man nicht mehr Single, da ist man ... allein.«

»Rainer«, jetzt legt Gerda ihrerseits die Hand auf die meine, »du bist so ein fescher, so ein gescheiter Mann, du musst nur deine *Hang-ups* überwinden.«

»Schon in Ordnung«, ich lächle das Lächeln der tragischen Figur und lege jetzt die andere Hand auf Gerdas, die ohnehin die ganze Zeit schon auf der meinen liegt.

»Was ich meine«, sagt sie und senkt die Stimme, »du würdest nie zu den Nutten gehen.« Jetzt senkt sie auch den Kopf. »Klaus ist so ein Schwein, mir ekelt direkt, wenn er nur anstreift bei mir.«

Nach einigen halbherzigen Worten der Aufmunterung verabschiede ich mich und küsse Gerda zum Abschied auf den Mund.

Wenn es ein Beispiel für Eiseskälte gibt, dann ist es das aktuelle Beziehungsklima zwischen Gerda und Klaus.

Denn man kann in einer Ehe einander anschweigen oder einander totschweigen. Wobei Totgeschwiegenes nicht zwangsläufig einmal gelebt haben muss.*

Sie essen zu keiner Zeit mehr am selben Tisch, sie halten sich abends nicht im selben Zimmer auf. Gerda geht, ohne fernzusehen, ins Bett, sieht sich nicht einmal die Literaturverfilmung aus der Reihe *Herzkino*, *Wenn Fische lächeln* von Rosamunde Pilcher auf *SAT.1 GOLD*, an. Klaus bleibt vor dem Fernseher sitzen und schaut völlig teilnahmslos Fußball, geht erst zu Bett, wenn er sicher sein kann, dass Gerda bereits schläft. Selbst ein peripheres Gespräch ist nicht möglich, eben dieses toten Schweigens wegen.

Gerda überlegt, zu ihrer Mutter und deren Freund zu ziehen, was aber schlecht geht mit ihren zweiunddreißig Jahren, und obendrein weiß sie, dass sie nicht willkommen wäre. Zu ihrem Vater kann sie auch nicht, der lebt, seit er in Rente ist, in Patong, Thailand.

Klaus leidet im Wortsinn eigentlich gar nicht. Sein dominierendes Gefühl lässt sich mit hochfrustriert ausreichend beschreiben.

Von meinem Treffen mit Gerda ahnt er nichts, im Gegenteil, er beginnt unsere Freundschaft mehr und mehr zu schätzen. So lebt er geduldig, kaum irritiert, an Gerda vorbei und ist über die herrschende Sprachlosigkeit manchmal sogar froh, denn würde sie ständig Szenen machen, so wäre das viel schlimmer. Alles in allem lässt sich sagen, empfindet Klaus sich als glimpflich davongekommen.

---

* Nach Karl Kraus

In solchen Beziehungszuständen, die der Frauenausborger herbeigeführt hat, arbeitet dessen Gehirn allerdings auf Hochtouren. Der klassische Frauenausborger hat etwas von einem Triebtäter, nur dass er für gewöhnlich nicht mordet. Viele Frauenausborger geben allerdings an, dass sie Stimmen hören, denen sie hilflos ausgeliefert sind. Frauenausborgen ist also anscheinend mehr als bloße Veranlagung, es ist ein Anheimgefallensein.

Ich lade Gerda zu mir nach Hause ein, um mit ihr das Ganze noch einmal durchzukauen und mich dann eventuell ein letztes Mal mit Klaus in dieser Sache auszutauschen.
 Es klopft zaghaft, Gerda steht draußen, attraktiv wie noch nie. Sie bleibt kurz, wie zweifelnd, in der Tür stehen, aber dann – so scheint es – gibt sie sich einen Ruck und macht einen entschlossenen Schritt in die Wohnung.
 Der Tisch ist beiläufig gedeckt mit zwei Tellern und Besteck, Weingläsern und mit einigen Teelichtern flackernd beleuchtet.
 Die Räumlichkeit würde ein ausgiebiges Stoßlüften sehr wohl vertragen, scheint Gerda zu denken, sie kommt aber nicht umhin, alles süß zu finden, vor allem,»dass du dir so viel Mühe gemacht hast, Rainer«, spürt selbstverständlich meine Unsicherheit und ist in diesem Moment wahrscheinlich froh, kein Mann zu sein.

Ein Merkmal des klassischen Frauenausborgers ist es, zumindest beim bevorstehenden ersten – und meist einzigen – Mal mit einer»Neuen«, immer wieder mit vager sexueller Versagensangst konfrontiert zu sein, was ihn linkisch und verbal schwach erscheinen lässt, was Frauen, die auf Frauenausborger hereinfallen, wiederum als Zeichen deuten, dass es ihm nicht nur auf das »Eine« ankommt.

Ich lasse da und dort ein Epigramm einfließen, wie: »Man muss schon manchmal vom Weg abkommen, um nicht auf der Strecke zu bleiben.«

Und als ich, gegen Ende der zweiten Flasche Côtes du Rhône, bereits die dritte aufschraube, damit der Wein »atmen kann« (der Wein würde selbst nach Wochen an einer Beatmungsmaschine nicht an Qualität zulegen), sind bei Gerda die Würfel gefallen.

Gerda (Lieblingsschlager: *Und morgen früh küss ich dich wach*) fährt mir spontan durch die Haare und signalisiert mittels eines fordernden Kusses, dass sie bereit ist.

Die Tatsache, dass mein Bett nicht frisch bezogen ist, fällt ihr erst auf, als ich wie eine satte Zecke von ihr abfalle. Sie versucht nicht, mir so etwas wie ein Nachspiel abzuverlangen. Gerda steht auf, zieht sich an und verabschiedet sich mit gezwungener Zärtlichkeit.

Dem Frauenausborger kommt es nicht darauf an, den Frauen als raffinierter Liebhaber in Erinnerung zu bleiben. Im Gegenteil, je schneller der jeweilige Vorfall von ihnen vergessen wird, umso lieber ist es ihm. Darum ist es naturgemäß nicht sein Ehrgeiz, die Frauen in einen erotischen Taumel zu versetzen.

Nach zwei, drei Wochen wird bei Gerda und Klaus wieder alles mehr oder weniger seinen gewohnten Gang gehen, weil beide wissen, dass die klassische Zweierbeziehung, soll sie »glücklich« sein, irgendwann zur Routine gerinnen *muss*.

Ursula

Es wird ja behauptet, dass, wenn der Tod eintritt, das gelebte Leben an einem vorbeizieht. Dem kann ich nicht zustimmen, denn meine Erinnerung folgt keiner Chronologie, vielmehr fokussiert sie sich – von mir nicht steuerbar – auf die eine oder andere Episode. In meinem Falle, naheliegenderweise, vor allem auf diese oder jene Ausborgung, was mir die Möglichkeit erschließt, eventuelle Rückschlüsse auf meine(n) Mörder(in) zu ziehen.

Die Freundschaft mit Klaus hat aufgehört, weil ich ihn kurz nach der Geschichte mit Gerda nur zwei, drei Mal getroffen habe und ihn dann mein Leben lang nie wieder sah. Soweit ich mich erinnern kann! Er soll, bald nach unserem letzten Treffen, auf nicht restlos geklärte Art und Weise ums Leben gekommen sein.

Auch Ursulas Mann Erwin hätte ich zugetraut, mich zu »meucheln«, wenn er nicht einige Jahre zuvor tödlich verunglückt wäre. Ich hätte mir gut vorstellen können, wie er sich ins *Juventus* einschleicht, mir auflauert und bei erster Gelegenheit zuschlägt, um die »Schmach« zu sühnen, dass ich mir vor zig Jahren seine Frau Ursula ausgeborgt habe. Denn Erwin hatte etwas Dunkles, Verschlossenes in seinem Wesen, etwas dumpf Maskulines, soweit ich noch weiß.

Ursula sitzt jeden Tag gegen zehn Uhr, außer Dienstag, da ist Ruhetag, im noch leeren Gasthaus und raucht eine von circa sieben Zigaretten. Sie würde mehr rauchen, aber öfter als eben siebenmal ist nicht möglich, da der Geschäftsgang (durchgehend warme Küche) es nicht zulässt. Sie durchblättert die Tageszeitung bis zum Kreuzworträtsel, das sie täglich eigentlich nicht mehr löst, sondern bloß ausfüllt, weil waagrecht und senkrecht in den knapp dreizehn Jahren, in denen sie zusammen mit Erwin, ihrem Mann, das kleine Gasthaus *Speis und Trank* führt, immer das Gleiche wissen wollen. Weil sie weiß, Zarenerlass ist Ukas, die Kykladeninsel heißt Ios und Gewebe für Vorhänge Etamin, ist sie in knapp zwölf Minuten fertig. Dass sie das Gasthaus führt, ist im Grunde das falsche Wort, denn der Betrieb gehört nicht ihr, er gehört bücherlich ihrem Mann. Sie, Ursula, ist nur angestellt und leitet den Service, wie Erwin es nennt, indem sie – und nur sie – die Bestellungen der Gäste aufnimmt, in die Küche weitergibt, in der Erwin kocht, und sie die Speisen serviert, kassiert und abends, außer Dienstag, die Abrechnung macht. Sie sitzt nicht nur immer am selben Platz, am Kopf des Stammtisches, an dem jeden Montagabend Tarock gespielt wird, sie hört die gleichen Geräusche aus der Küche, in der ihr Mann die letzten Vorbereitungen zur Fertigstellung der Gerichte vornimmt und dabei Fragmente des Radetzkymarsches pfeift. Die Speisekarte ist in diesen dreizehn Jahren so gut wie die gleiche, einmal im Jahr ergänzt durch Pilz- oder Wildwochen.

Gegen elf Uhr vormittags ruft Erwin, mit ruchloser Regelmäßigkeit, aus der Küche: »Geh, Uschi, mach mir einen kleinen Schwarzen!«

Ursula schaltet die Espressomaschine ein, um Erwin einen kleinen Mokka zu machen. Die Maschine blubbert, zischt, dampft und ist dann betriebsbereit. Sie schaut dem Hochfahren der Maschine in einer Art Trance zu. Sie wacht auf, sobald Erwin sich in seiner Kochuniform seit dreizehn Jahren auf denselben Platz rechts neben Gerda setzt und, auf seine Uhr blickend, sagt: »Gemmas an.« Das bedeutet: »In einer halben Stunde sperren wir auf.«

Mehr oder minder exakt während dieser halben Stunde vor dem Aufsperren hören die beiden ein unaufdringliches Klopfen an der noch versperrten Wirtshaustür.

Ich stehe vor der Tür.

Auch daran sind Ursula und Erwin bereits ein bisschen gewöhnt, denn seit circa drei Wochen komme ich, um ein wenig zu plaudern.

Damit beginne ich aber erst, wenn Erwin sagt: »Tja, ich muss wieder«, seinen kleinen Schwarzen auf ex schlürft und wieder in der Küche verschwindet.

Diese knapp dreißig Minuten, bis Ursula sich den ersten Gästen widmen muss, nutze ich, sie auf die Tristesse ihres Lebens anzusprechen. »Ach, Ursula«, sage ich zum Beispiel und nippe an einem Seidl Bier, das mir Ursula mittlerweile automatisch hinstellt, »jetzt beginnt gleich das Hamsterrad, was?«

»Ja, was kann man schon tun. So ist das Leben.« Manchmal sagt sie auch: »Das Leben ist kein Wunschkonzert, Rainer.« Wobei Ursula diesen Satz manches Mal mit »… ist kein Ponyhof« variiert.

Woher die Menschen mit an Wahrscheinlichkeit grenzender Sicherheit in überzeugtem Brustton behaupten können, »wie das Leben ist«, ist mir schleierhaft.

»Morgen ist Ruhetag«, sagt sie.

»Fahrt ihr da ein bissel raus? Spazieren gehen und solche Sachen?«

»Aber geh, mit dem Mann«, sagt Ursula und deutet mit dem Kinn Richtung Küche, »mit dem Mann ist doch nichts anzufangen. Am Montag hat er seinen Tarock-Abend. Da sitzt er mit drei anderen hier am Stammtisch und kommt vor halb zwei, zwei in der Früh nicht nach Haus, weckt mich auf und erzählt mir mitten in der Nacht, dass er einen Solo-Dreier mit Pagat gespielt hat und was so geredet worden ist, und wenn ich dann sage: ›Erwin, du bist rücksichtslos!‹, ist er angefressen und sagt drauf: ›No, lang geht sich das nimmer aus mit uns‹.«

»Und am Dienstag, da ist ja Ruhetag?«

»Was meinst«, Ursula klingt sarkastisch, »was meinst, sollen wir essen gehen?«

»Nein, aber ins Theater, ins Kino oder so.«

»Mit dem Erwin? Ha! Mit dem Erwin in ein Theater? Nicht ums Verrecken! Wir waren in den dreizehn Jahren einmal im Burgtheater, die Karten haben wir zur Hochzeit geschenkt bekommen. Im Kino waren wir ein paar Mal. Aber seit wir diese hundert Fernsehprogramme haben ... aus! Er liest auch nichts außer Kochbücher.«

»Vielleicht führ ich dich einmal ins Theater, wenn sie was Interessantes spielen.«

»Ja«, lacht Ursula, »no freilich. Obwohl ... eine Freude hätt ich schon. Das wäre einmal was anderes.«

»Vielleicht find ich ja was für einen Montagabend, oder musst du da arbeiten?«

»Montag ist nur mittags viel los. So um sechs kommen seine Tarock-Habschis* und gegen sechs sperren wir zu.«

---

* Verzärtelungsform von »Haberer« (Freunde)

»Wie gesagt, vielleicht find ich ja was an einem Montag, eine Komödie vielleicht?«

»Ja«, sagt sie, blickt auf die Uhr, erhebt sich seufzend, aber entschlossen und sperrt auf.

»Mahlzeit, Frau Uschi!«, sagt ein Rentnerehepaar, betritt die Gaststube und bevor die beiden noch sitzen, sagt der Herr: »Einen Apfelsaft gespritzt und eine Cola Light.«

»Aber nicht zu kalt«, fügt die Dame hinzu, und die beiden setzen sich, wie seit Jahren wahrscheinlich, an denselben Tisch, überfliegen die Speisekarten und der Herr räsoniert hörbar: »In der Speisekarte steht seit Jahren dasselbe!«

»Dann lassen Sie sich die englische bringen!«, rufe ich in Richtung Nebentisch. Ursula lacht kurz auf und hält sich dann die Hand vor den Mund.

Herr und Frau Rentner schauen aneinander vorbei und ... schweigen.

Wenn der Frauenausborger in der Anfangsphase seiner Bemühungen etwas, wenn auch verbunden mit einem »vielleicht«, ankündigt oder verspricht, so kann die adressierte Frau sicher sein, dass er sein Versprechen hält. Obschon sein Versprechen nur als Mittel zum Zweck dient und dieser Zweck ist: Isolieren! Um die Frau von ihrer gewohnten Umgebung loszueisen, sie aus der Alltäglichkeit zu entführen und sie vor allem aus dem Einflussbereich ihres Mannes zu bringen.

Der Frauenausborger trägt sein Angebot, der betreffenden Dame etwas zu bieten, anfangs in scherzhaftem Tone vor, um sie nicht kopfscheu zu machen, wird aber in der Folge immer konkreter.

Er setzt einen »Anker«, wie man sagt. Der Frauenausborger bereitet sich in solchen Situationen dann auf den sogenannten »Schnellschuss« vor.

Er wird offensiv.

Offensiv, indem er als treibende Kraft fungiert. Nichts überstürzt, aber sich auch keine Umwege gestattet. Nur der direkte Weg führt sicher zum Ziel, auf Umwegen kann man sich verlaufen.

»Hier«, sage ich am Sonntagvormittag, »hier sind zwei Karten für *Tür auf, Tür zu* am Montagabend in den Kammerspielen.«

Ursula reagiert mit einem kurzen, spontanen Lachen, dann blickt sie ernst auf die beiden Eintrittskarten in meiner Hand.

»Es ist eine Komödie«, sage ich.

»Das ist aber reizend, Rainer, danke. Wie lang dauert die Aufführung denn?« und fügt rasch hinzu: »Bitte, versteh mich nicht falsch«, sie legt eine Hand spontan auf meine, »ich wollt's nur wissen.«

»Beginn 19.30 Uhr, Ende gegen 23 Uhr, Pause schon eingerechnet.«

»Ah so«, sagt Ursula entspannt, »da können wir nachher ruhig noch geschwind auf ein Glasl Wein gehen ... der Erwin spielt bis halb eins, eins Karten.«

Ich sage: »Ja, aber auf das Glasl geh'n wir in der Stadt, nicht da her ins Lokal?«

»No, selbstverständlich, ich geh doch nicht mit meinem Rendezvous ins eigene Geschäft.«

Für den Frauenausborger ist es wichtig, dass die Frau, die er ins Auge fasst, seine Zielvorstellung in irgendeiner

Weise erahnt und nicht glaubt, er kümmere sich bloß aus altruistischen Beweggründen um sie.

Das Gegenteil von Frauenausborger ist »Abstauber«.

Der Terminus Abstauber kommt aus dem Fußball. Und zwar vom Fußballspielen zum eigenen Vergnügen, wobei meist eine beliebige Anzahl von Spielern agiert, so gut wie immer deutlich unter elf und ohne einen Schiedsrichter, der zum Beispiel die Abseitsregelungen überwacht und ahndet. Davon lebt eben der Abstauber, der selbst kaum Laufarbeit leistet, sondern sich fast ausschließlich in der gegnerischen Spielhälfte, nahe beim gegnerischen Tor, aufhält und ... wartet.

Wartet, bis ihn, aus dem Kampfgetümmel heraus, ein Steilpass erreicht, den der Abstauber – allein gegen den Tormann – verwandeln kann. Das wird naturgemäß vom Gegner als gar nicht wünschenswert erlebt und immer wieder als Abseits reklamiert, was jedoch bei einem »Kickerl« im Park nicht berücksichtigt wird. Der Abstauber ist beim Gegner verhasst, aber es fliegen ihm auch in der eigenen Mannschaft nicht unbedingt die Herzen zu. Denn die aktiven Spieler verausgaben sich, während der Abstauber bloß wartet, jedoch den Triumph des Torschützen einheimst.

Der Abstauber im übertragenen Sinn macht es genauso. Er wartet.

Wartet, bis die Halbwertszeit einer Beziehung erreicht ist und diese – ohne sein Zutun – aus sich selbst heraus zerfällt. Dann ist der Abstauber da und bietet sich als willkommenes Überbrückungsprovisorium an.

Wesentlicher Unterschied zum Frauenausborger ist also die Passivität, das ausschließlich Lauernde, während der Frauenausborger von sich aus mannigfaltig aktiv ist.

Ich sitze am Montag wieder am selben Platz im *Speis & Trank* Ursula gegenüber und kann nicht sagen, ob sie sich mir näher fühlt, wo doch vereinbart ist, nächste Woche gemeinsam die Kammerspiele zu besuchen und danach noch ein »Glasl Wein« zu trinken.

Ursula schaut auf die Uhr: »Viertel ist es«, sagt sie.

Erst um halb zwölf, als sie aufsteht, um aufzusperren, drückt sie – nicht nur kumpelhaft – meine Schulter und sagt ohne Augenkontakt: »Ich freu mich.«

Am Samstag fragt sie wieder, bevor sie aufsperrt: »Was soll ich denn da anziehen ins Theater?«, und ich weiß erstens, dass sie es Erwin noch nicht gesagt hat, und zweitens, dass der bevorstehende gemeinsame Theaterbesuch ihr Denken die Woche hindurch dominiert hat.

Am Sonntagabend, stelle ich mir vor, sagt Ursula zu Erwin, als sie die Nachttischlampe löscht, in die Dunkelheit: »Dieser Rainer hat mich für morgen Abend ins Theater eingeladen.«

Erwin fragt vielleicht: »Ins Theater?«, als hätte sie gesagt, sie wäre zum Schlammringen übergewichtiger russisch-orthodoxer Nonnen eingeladen worden, und setzt hinzu: »Wenn er glaubt.«

Am Montagabend sieht Ursula verändert aus. Ihre Augen leuchten in einem smaragdenen Grün, ihr Teint scheint jugendlich, das Grundlicht der Wirtshaustrübnis ist wie weggefegt. Sie trägt ein dunkelblaues, ein wenig altmodisches Kostüm und ist alles in allem als attraktive Frau zu beschreiben.

»Sieh da, sieh da – Miss USA!«, rufe ich.

Ursulas rote, akribisch nachgezogene Lippen formen ein bescheidenes Lächeln, und mir scheint, dass sie errötet.

Der Frauenausborger hat kein Talent für das Glück.

Glück, was immer das sein mag – ein innerer Zustand der Freude, das irrationale Fühlen von Lebenssinn vielleicht –, so etwas empfindet er nie. Wie kann ein Getriebener, ein Süchtiger, ein in gewissem Maße mental Gestörter auch Glück empfinden? Er spürt vielleicht etwas wie Vorfreude, Bestätigung oder vorauseilende Genugtuung, aber Glück niemals.

Ursula lacht während der Vorstellung bei jeder situations- oder charakterkomischen Pointe Tränen, wirft den Kopf in den Nacken, ringt jauchzend nach Luft, oft als Einzige im Publikum, was nach dem dritten, vierten Mal die übrigen Zuschauer wiederum zum Lachen bringt.

Bei einer Szene tritt eine Schauspielerin mit einem exemplarischen Hut auf, wiegt sich stolz in den Hüften und fragt ihren Bühnenehemann: »Na, mein Lieber, was sagst du zu meinem neuen Hut?«

Und er antwortet nach einem skeptischen Blick: »Ich weiß nicht recht, sieht irgendwie aufgesetzt aus.«

Da lacht Ursula zunächst nicht, versteht den Sickerwitz erst ein paar Sekunden später, nachdem ihn alle anderen bereits mit einem mittelgroßen Lacher bedacht haben, und es entschlüpft ihr ein »Ahso!«, begleitet von spontanem Kreischen und begeistertem Händeklatschen, sodass sie damit einen allgemeinen Applaus »anreißt«, die Pointe also ein zweites Mal, über Gebühr, gewürdigt wird.

Am schönsten ist, dass Ursula jedes Mal, wenn sie sich stürmischer Heiterkeit hingibt, wie von ungefähr verschwörerisch meinen Oberschenkel drückt.

»Also, das war eine Super-Idee von dir«, sagt Ursula nach der Vorstellung, als wir in einer Art Bar sitzen und das »Glaserl« Wein trinken, »ich habe gelacht wie schon seit Jahren nicht.«

»Das können wir gern öfter machen«, sage ich.

Ursula verabschiedet sich auf dem Rücksitz im Taxi mit einer beinahe innigen Umarmung, steigt aus, ruft »Bis Mittwoch!«, winkt und geht ins Haus.

Als ich am Mittwochvormittag an die verschlossene Gasthaustür klopfe, öffnet Ursula nicht wie bisher mit »Ah, du«, sondern mit »Hallo Rainer« und gibt mir einen Kuss auf die Wange. Ich weiß mich auf dem richtigen Weg.

In der folgenden Woche, während der vormittäglichen Plauder-halben-Stunde, konstatiere ich Sympathie, die Ursula mir gegenüber an den Tag legt. Samstagabend bemerkt Erwin in einem Nebensatz, dass er und seine Holde, wie er Ursula gern nennt, Dienstag zeitig in der Früh zum Zwecke einer Weinverkostung ins Burgenland aufbrechen und erst am Abend wieder zurück sein werden.

»Da beneide ich euch, da würde ich gern mitkommen.«

»Leider, geht nicht«, antwortet Erwin reserviert, »begrenzte Teilnehmerzahl und nur potenzielle Kunden, wie du dir denken kannst, Gourmet-Menü und solche Sachen.«

Der Frauenausborger ist »angerührt«, wie man sagt, oft auch erbost, wenn ihm auch nur in mittelbarer Nähe zum Ziel etwas Unerwartetes den Weg versperrt. So etwas trifft ihn oft unvorbereitet, sodass er, obwohl an rasche taktische Winkelzüge gewöhnt, keinen Plan B hat.

Er sitzt die ersten Tage, der Hygiene nur ungenügend Rechnung tragend, tatenlos zu Hause herum, und obwohl sich alles in ihm dagegen wehrt, baut sich seine ganze Erbärmlichkeit vor ihm auf, zusammen mit der Gewissheit, im Leben nie das zu empfinden, was landläufig als »Freude« oder gar als »Liebe« bezeichnet wird. In der Nacht schläft er zunächst gar nicht, fällt in den frühen Morgenstunden dann in einen kurzen, unruhigen Schlaf, nachdem ihn eine Fressattacke zu einem opulenten Frühstück zwingt. Daraus mögen sich die Gewichtsschwankungen erklären, die den Frauenausborger heimsuchen.

»In Zeiten der Pleite«, schreibt Musil, »bevorzugt die Seele das Jenseits.«

Wenn ein fast erledigtes »Projekt« zu misslingen droht, dann geschieht es häufig, dass er in eine Art Trance des Selbstekels fällt. Zwar liebäugelt seine Seele nicht gleich mit dem Jenseits, aber die Angst vor dem Scheitern zwingt ihn zu ausufernder Nahrungsaufnahme in einem Teufelskreis von salzig, süß, salzig, süß. Für gewöhnlich nimmt der Frauenausborger den Kummerspeck wieder ab, wenn er sich, nach erheblicher Verdrängungsleistung, einem neuen Vorhaben widmet. Denn im Zuge eines solchen isst der Frauenausborger nur wenig, weil ihn Eifer und Konzentration auf die neue Aufgabe so ausfüllen, dass er aufs Essen vergisst. Es wird auch gesagt, dass frisch und heftig Verliebte in den ersten vier bis acht Wochen deutlich abnehmen, weil sie von anderen lustbetonten Aktivitäten jenseits der Kulinarik mehr als ausgefüllt sind.

Sonntagvormittag sagt Ursula: »Der Erwin fährt am Dienstag ins Burgenland auf eine Weinverkostung.«

»Da fährst du doch mit, oder?«

»Ich mach mir nichts aus Wein verkosten, ich versteh auch nichts davon. Und überhaupt kann ich dem Erwin seine Spezln nicht ausstehen. Zu diesen Saufereien fahren die Männer fast immer allein. Oft bleiben sie auch über Nacht, weil sie zu besoffen sind, dass sie nachher heimfahren. Ein Wirt, den der Erwin gut gekannt hat, ist vor zwei Jahren sturzbesoffen am Steuer eingeschlafen und volles Rohr in einen LKW geknallt.«

»Tot?«, frage ich und heuchle Anteilnahme.

»Gehirnaustritt«, antwortet sie, als fände sie das nicht unkomisch, »was machen wir denn am Dienstag? Hast du eine Idee?«

»Wir könnten in eine ... nein, das ist dir sicher zu fad.«

»Was? Sag schon!«

»Na ja, in eine Ausstellung oder so was, in ein Museum vielleicht?«

»Museum?« Ursula ist wenig begeistert.

»Ich meine eher ein spezielles Museum, so wie ... das Kriminalmuseum.«

»So was gibt's?«, fragt Ursula skeptisch.

Das Wiener Kriminalmuseum ist ein Museum in Wien-Leopoldstadt.

Das Museum besteht aus zwanzig Räumen, in denen die Geschichte der Justiz, des Polizeiwesens und auch die Kriminalität vom Mittelalter bis in die neue Zeit präsentiert wird. Es werden mittelalterlicher Strafvollzug und die letzten öffentlichen Hinrichtungen in Wien dargestellt. Weiters werden einzelne interessante Kriminalfälle wie der des Giftmörders Hofrichter oder der Fall Josefine Luner, einer Sadistin aus der Zwischenkriegszeit, gezeigt.

Zu den Exponaten zählen zahlreiche Originaldokumente und Reproduktionen zu Kriminalfällen, Tatortfotos, Gerichtstexte und Körperteile von hingerichteten Verbrechern, unter anderem die Köpfe von Juliana Hummel, einer Kindsmörderin, und von Franz Hebenstreit, genannt der »Wiener Jakobiner«.

Als Kontrast und um das Gesehene zu verarbeiten, dient ein Spaziergang durch den Pawlatschenhof des Hauses.

»Das ist eine lustige Idee«, sagt Ursula, »da freu ich mich.«

Als wir dann am Dienstag das Museum nach wie im Fluge vergangenen zwei Stunden verlassen, schweigt Ursula, bleibt mit einem Mal stehen, schüttelt den Kopf, wie um Wasser aus dem Haar zu schütteln, und sagt: »Jetzt brauch ich eine Zigarette«. Sie deutet mit dem Kopf in Richtung eines schmucklosen Espressos. »Wie kommst du immer auf solche Sachen?«, fragt sie. »Ich meine, ich habe von diesem Museum schon einmal was gehört, wäre aber nie auf die Idee gekommen, hinzugehen. Kein Mann, den ich gekannt habe, wäre auf die Idee gekommen, mit mir in ... so was zu gehen.«

»Hat dir aber doch gefallen, oder?«

»Und wie. Es geht um Mord und Totschlag, und man ist ...«

»Amüsiert?«

»Genau.«

Ursula plaudert aufgeweckt, sagt nicht nein, als Rainer zwei kleine Cognac bestellt, die sich zwar als zwei Asbach Uralt entpuppen, was Ursula, obgleich sie Fachfrau in gutbürgerlicher Gastronomie ist, Gott sei Dank zu entgehen scheint.

Sie ist bereits beim vierten Asbach und wirkt aufgeschlossen. »Hast du nicht ein bissel einen Hunger, Rainer?«

»Ich kann uns bei mir eine Kleinigkeit richten«, antworte ich wie jedes Mal, wenn diese Frage auftaucht, »aber weiß Gott was habe ich nicht zu Hause.«

Ursula sieht mich an, schweigt fünf Sekunden und sagt dann: »Weiß Gott was muss es nicht sein«, steht auf, schickt sich an, auf die Toilette zu gehen, legt mir eine Hand auf die Schulter, beugt sich zu meinem Ohr und sagt: »Hauptsache, ich krieg ein bissel was Warmes in den Bauch«, richtet sich auf und geht aufs Klo.

Ich erinnere mich erstaunlich genau an diesen Satz, weil er in dieser Unmissverständlichkeit sonst nie zu mir gesagt worden ist. Vielleicht bin ich deswegen irritiert, weil solche – auch daran erinnere ich mich – plakativen Äußerungen mit Aufforderungscharakter von Frauen bei mir immer Prüfungsangst ausgelöst haben.

»Sag einmal, da schaut's aus«, entfährt es Ursula, als wir meine Wohnung betreten, »bist du gar ein Messie?«

»Ich lebe allein«, sage ich, als würde das den Zustand der Wohnung erklären.

Als Ursula beginnt, benutzte Gläser in die Küche zu tragen, am Rest Wein in einer Flasche *Côtes du Rhône* riecht und eine zerrissene Pappverpackung *Chef-Menü* aufhebt, greife ich mit verlegener Bestimmtheit ein.

»Ursula, lass es, ich mach das dann schon.«

»Dann, dann«, echot sie, »das kenn ich. Wenn ein Mann sagt, er macht was ›dann‹, so heißt das, er macht es nie.«

Ich sehe es nicht ungern, dass Ursula wie ein frischer Wind durch meine Wohnung weht und mit ein paar

Handgriffen zumindest eine oberflächliche Ordnung herstellt.

»Möchtest du was trinken?«, frage ich, und mir fällt ein, dass ich außer einer Flasche Eierlikör – gut ein Jahr alt, aber ungeöffnet – nichts zu Hause habe.

Unter den gastronomisch geschulten Augen Ursulas entpuppt sich der Eierlikör als das, was er ist. Ein preiswerter Artikel vom Lidl, der, wie sie sagt, »nicht von vornherein schlecht sein muss«.

Sie wäscht zwei Tassen aus, macht zwei Espressi, findet zwei kleine Gläser, füllt sie mit Eierlikör, trägt Kaffee und Eierlikör auf einem Tablett ins Wohnzimmer, bedeutet mir, Platz zu nehmen, setzt sich zu mir, nimmt einen Schluck vom Eierlikör und spült mit Kaffee nach.

»Also«, sagt sie, »also haben wir es doch noch ganz gemütlich.«

Der Frauenausborger braucht Geschichten, die er, mit sich selbst im Mittelpunkt, erzählen kann. Ein paar denkt er sich aus, die meisten stammen allerdings, von ihm entsprechend bearbeitet, aus Film, Theater und Literatur. Sehr gern bedient er sich bei Hemingway, denn dessen Figuren sind nicht nur literarisch, sondern vor allem betont maskulin.

Der Gedankenfluss des Frauenausborgers ist ja: Er weiß, dass es geschieht, weil es geschehen muss. Nur muss man es der jeweiligen Frau klarmachen. Das ist das Fundament der Verführung.

Ursula schaut mich, ihr Kinn in eine Hand gestützt, mit der anderen zwischendurch Tasse oder Glas an den Mund führend, mit einem Ausdruck an, der mir sagt, dass sie mit den Gedanken bereits viel weiter ist als ich.

Sie streckt mir die Hand hin, steht auf und führt mich zum Sofa (das wenig einladende Bett hatte sie offenbar schon bei der ersten Prüfung der Gesamtsituation ausgeschlossen), setzt sich rittlings, nicht ohne sich vorher blitzschnell ihres Höschens entledigt zu haben, auf mich, nestelt an meinen Hosen herum.

»Ursula?«

»Schscht«, antwortet sie, holt meinen noch ziemlich schlaffen Schwanz aus der Hose. Als es dann so weit ist und wir, beide immer noch halb bekleidet, uns einander hinzugeben beginnen, läutet ihr Handy.

»Das ist der Erwin, da muss ich ... hallo Erwin ... aha ... sehr vernünftig ... ja ... dann bis morgen ... gute Nacht, schlaf gut.«

»Was ist los?«

»Der Erwin bleibt über Nacht im Burgenland, er ist betrunken«, sagt sie, »und traut sich nicht mehr, Auto zu fahren.«

Eine peinliche Stille tritt ein, während Ursula ihr Höschen auf dem Sofa zu suchen beginnt. Sie sagt zu sich selbst: »Er schläft mit einer anderen.«

»Ich werde ein Taxi rufen.«

Sie stellt die beiden Kaffeetassen und die vom Eierlikör gelblich verklebten Gläser in die Abwasch, nimmt ihre Tasche, gibt mir einen flüchtigen Kuss: »Schön war's.«

Erwin betrügt seine Frau im Burgenland, denke ich. Wie abgeschmackt.

Der Mann an sich betrügt für gewöhnlich ungeschickt. Es heißt, etwa 94 Prozent der Fälle männlicher Untreue werden aufgedeckt, besser: decken sich auf. Der Mann ist zum Beispiel meist in der Vorbereitung schon nicht sorgfältig. Vorfreude, vor allem Ungeduld, treiben ihn in die planerische Schlampigkeit. Einer der größten Fehler, die der Mann macht, ist, dass er sich auf einen oder gleich mehrere »beste Freunde« verlässt, ihm ein – vorher abgesprochenes – Alibi zu verschaffen. Das geht so gut wie immer schief. Denn selbst der allerbeste Freund verplappert sich, verwickelt sich in Widersprüche, wenn ihn die hintergangene Frau zwei Tage nach dem »Ereignis« scheinbar ganz nebenbei nach Details fragt. Der beste Freund gibt der betreffenden Dame nicht absichtlich oder aus Mangel an Loyalität Indizien in die Hand, sondern weil er bei der Konstruktion des Alibis nur oberflächlich zugehört hat. Daher kann er auf eine aus der Hüfte geschossene Frage der Frau nicht klar und logisch antworten, sondern stammelt, weil er die ursprüngliche Absprache mit dem untreuen Manne vergessen hat.

Hauptsächlich aber unterschätzt der Mann das geradezu detektivische Ermittlungsgeschick, die teilweise perfide Befragungstechnik und die aufdeckerische Beharrlichkeit der Frau. Eine Frau unterliegt dem oft fast krankhaften Zwang, ihrem fremdgegangenen Mann eine lückenlose Indizienkette vorzulegen, anhand derer sich jedes Leugnen aufhören »muss« und nur mehr tätige Reue beginnen kann. Vor allem, wenn die Frau auch noch die Identität der Buhlin auf den Tisch des Hauses knallt.

Frauen strafen den wunderbaren Gedanken von Karl Farkas Lügen: »Das Schönste am Seitensprung ist der Anlauf.«

Aus einer Ecke meines Nichtseins tritt eine Erinnerung in trübes Licht: Ich habe Ursula vor etwa einem Jahr zufällig wiedergesehen, als sie, mit einer Gehhilfe, beinahe an mir – sowohl unerkannt als auch mich nicht erkennend – vorbeigegangen wäre. Als wir beide wussten, wen wir vor uns haben, erzählte sie mir, dass Erwin im Zuge der nächtlichen Heimfahrt von einer der traditionellen Weinverkostungen aus Mörbisch tödlich verunglückt sei.

Meine lädierte Erinnerung zeigt mir schattenhaft, dass ich damals, gut und gern ein Jahr nach der Sache mit Ursula, einmal auf eigene Faust mit einem Bus zum Weinfest Mörbisch gefahren bin und in Rust übernachtet habe.

Als ich in dem weinseligen Taumel Erwin begegne, ist er anfangs fast ungehalten. Bereits betrunken erzählt er mir, dass seine Geliebte, die er hier ein paar Jahre gehabt hat, ihm den Laufpass gegeben hat. Während er mir den ganzen Abend sein Leid darüber klagt, besäuft er sich nachgerade systematisch. Gegen halb zwei Uhr früh schickt er sich an, mit seinem Auto heimzufahren. Ich sage ihm zwischen zwei Achteln Wein, zu denen ich ihn ermutigen muss, dass es unvorsichtig sei, in diesem Zustand noch ein Kraftfahrzeug in Betrieb zu nehmen. Er lässt sich aber davon nicht abbringen, heimzufahren, schwankt trocken schluchzend, seine Freundin verfluchend, zu seinem Auto und kommt prompt knapp nach der Ausfahrt Hornstein zu Tode.

Im Fall meines eigenen Todes werden die Medien jetzt wohl den »feigen Mord im Altersheim« in balkendicken Lettern abfeiern, und die Polizei wird wieder einmal mit der Spurensicherung angerückt sein. Es sind in den letzten Jahren Todesfälle vorgekommen, was ja in einer Seniorenresidenz nichts Ungewöhnliches ist, Unfälle, die merkwürdig waren und die die Direktion nicht hatte auf sich beruhen lassen wollen. Kein Todesfall, außer der von Schwester Erika vielleicht, ist jedoch, soweit ich sagen kann, so spektakulär gewesen wie mein eigener. Die Damen und Herren Senioren, die bei den früheren Fällen nur ungenaue und widersprüchliche Aussagen machen konnten, ließen die Beamten verzweifeln. Was hätte zum Beispiel Herr Heumüller schon Verbindliches aussagen können, der, hochbetagt, zwar noch selbstständig aufs Klo gehen konnte, ansonsten aber erhöhter Betreuung bedurfte und der in regelmäßigen Abständen fragte, wie spät es denn sei, denn seine Uhr, die er nichtsdestoweniger trug, hatte längst aufgehört zu gehen. Trotzdem stellte er sie immer auf die Uhrzeit ein, die ihm auf seine wiederkehrenden Fragen mitgeteilt wurde, und sagte jedes Mal: »Danke, meine Uhr scheint nachzugehen.«

Die Polizei ist zum Beispiel schon vor etlichen Jahren im *Juventus* gewesen, wie mir Frau Rothe erzählt hat, weil Herr Heumüller von einem Ausgang, zu einer Zeit, als er noch allein, »unbetreut«, wie es heißt, rausgehen durfte, nicht rechtzeitig um 19 Uhr zurückgekommen war. Das Personal hatte die Umgebung abgesucht, aber Herr Heumüller war unauffindbar gewesen. Nach zwei Stunden hatte sich die Heimleitung entschlossen, die Polizei zu verständigen, und die hat ihn dann gegen 23 Uhr schlafend und unterkühlt auf der Bank einer Busstation sitzend gefunden. Was denn los gewesen sei, fragte man Herrn Heumüller, und der hatte verwundert geantwortet, dass er die Zeit verloren hätte, weil seine Uhr stehen geblieben sei und er niemanden getroffen habe, den er hätte fragen können, wie spät es sei. Seit damals, so Frau Rothe, fragte er immer wieder nach der Zeit, stellte seine Armbanduhr ein und entschuldigte sich, dass sie stehen geblieben ist. Herr Heumüller starb ein knappes Jahr später in einem Stuhl des Sozialraumes *Das Café* sitzend und schaute mit toten Augen auf seine Uhr, die auf einmal tadellos funktionierte. Erst als ihn zwei Betreuer im Sessel hinaustrugen, wie es üblich war, wenn ein Gast mittendrin verstarb, blieb sie wieder stehen.

Als ein Angehöriger, ein weitschichtiger Cousin, glaube ich, eruiert werden konnte, dem man den Nachlass Herrn Heumüllers aushändigte, versuchte der, die Uhr aufzuziehen, sagte aber: »Die Uhr ist hin, die können Sie wegwerfen.«

Oder die einundneunzigjährige Frau Matzku, die an starker Narkolepsie* litt und bei einem eventuellen Verhör immer wieder eingeschlafen wäre? Was hätten die Ermittler aus ihr herauskriegen können? Ich gestehe, dass ich – als rüstiger Zweiundachtzigjähriger – die Insassen im *Juventus* und ihre Beeinträchtigungen überwiegend komisch fand. Als (noch) nicht vom Skandal der Hinfälligkeit Betroffener und von außen Beobachtender war das ein wenig so, als sähe man ein Lustspiel.

---

* Narkoleptiker schlafen plötzlich in den unmöglichsten Situationen ein. Betroffene haben tagsüber ungewollt Schlafanfälle, und ihre Muskeln können kurzzeitig erschlaffen.

Waltraud

Das Dasein im Nichtsein hat etwas beziehungslos Schwebendes, fühlt sich an wie nur im Außen vorhanden und ist dennoch von namenloser Innerlichkeit. Die Rückbesinnungen, die hinter einem gespenstischen Horizont aufgehen und mich heimsuchen, sind ohne ahnbare Zahl und scheinen endlos. Obwohl stets Gewissheit herrscht, dass sie endlich sind, ins Nichts münden.

Ich kannte Waltraud seit Langem.
Als sie sechzehn war und die sechste Klasse im Evangelischen Gymnasium Simmering besuchte, habe ich ihr Nachhilfe in Mathematik gegeben. Einmal pro Woche, vor Schularbeiten bis zu dreimal, ackerte ich mich mit ihr durch Gleichungssysteme, Winkelfunktionen, analytische Geometrie und Vektoren. Mit der Zeit führten diese Nachmittage zunächst zu Vertrautheit, sodass die Nachhilfe – meist Doppelstunden – nach einiger Zeit immer wieder zum Blödeln und in der Folge zum Flirten herhalten musste.

Waltraud war dann dennoch gezwungen, die sechste Klasse zu wiederholen, weil sie das Schuljahr in Mathematik mit »Nicht genügend« abschloss und auch an der Nachprüfung, trotz weiterer intensiver Nachhilfe in den Ferienmonaten, scheiterte (Scheitern ist Wollen minus Können).

Während dieser Nachhilfestunden im Sommer kam es zwischen Waltraud und mir zu ersten scheuen Zärtlichkeiten, die aber nicht zum Äußersten, nichtsdestoweniger aber zur Zuneigung der romantischen Art führten.

Diese ersten zarten Bande wurden von Waltrauds Eltern zerrissen, kann doch ein Bursche wie ich, der Waltraud durch Romantisierung der Nachhilfestunden am schulischen Erfolg hindert, kein weiterer Umgang für die einzige Tochter sein.

Ich habe es damals gelassen genommen, offenbar war die Neigung zu meiner späteren ungewöhnlichen Partnersuche noch nicht ausgeprägt. Vielleicht wäre ich drangeblieben, hätte ich gewusst, dass die Ablehnung seitens der Eltern daher rührte, weil ruchbar wurde, dass ich aus einem römisch-katholischen Haus komme, während Waltraud einem evangelischen Biotop entstammte.

Es kann nicht gesagt werden, welche Ursachen oder gar welcher unmittelbare Anlass einen Mann zum Frauenausborger machen. Es gibt Vermutungen, dass die Ursache in einer genetischen Prädisposition oder frühkindlichen Prägung liegen könnte. Wahrscheinlicher aber ist, dass Frauenausborgen eine Folge, ja eine Komplikation einer anderen sexuellen Anomalie, der *Alorgasmie**, sein könnte. Die klassische *Alorgasmie* tritt in langen Beziehungen auf und wird in der überwiegenden Mehrzahl der Fälle dem Partner verschwiegen, was auch der Grund für die vermutete hohe Dunkelziffer sein dürfte. Die *Alorgasmie* kann zu irreparablen Beziehungskrisen führen, wenn beispielsweise der weibliche Teil in hemmungs-

---

* Während man mit einem Partner schläft, an jemanden anderen denken

loser Hingabe »Silvio« stöhnt, der aktuelle Partner aber Fritz heißt.

Jahrzehnte später betrete ich eines Tages ahnungslos ein Batikstudio, öffne die Tür, worauf die sanften Töne eines Windspiels ertönen, die aber so diskret sind, dass Waltraud nicht aufblickt, sondern in sich versunken vor einem großen Lavoir sitzen bleibt und mit hellgrünen Einweghandschuhen ein großes Stück Stoff in Textilfarbe tränkt, es ein wenig auswindet und im Abstand von circa fünf Zentimetern eine Schnur herumbindet.

Ich sage: »Darf ich mich ein wenig umsehen?«

Sie steht auf, wischt ihre Handschuhe an ihrer farbverschmierten Schürze ab. »Selbstverständlich ... entschuldigen Sie, ich war gerade ganz woanders. Sie dürfen die Arbeiten ruhig berühren, keine Sorge.«

»Ich suche etwas Passendes für eine Dame.«

»Da werden Sie sicher große Freude bereiten. Jede dieser Arbeiten ist ein Einzelstück. Denken Sie an ein Tuch, ein Kleid, eine Bluse?«

Erst jetzt drehe ich mich um, schaue Waltraud ins Gesicht, bin einen Augenblick irritiert, denn diese Frau kommt mir bekannt vor. Auch Waltraud wirkt nicht mehr unbefangen, erscheint es sichtlich auch ihr, mir schon einmal begegnet zu sein.

Und dann der beidseitige Aha-Moment.

Waltraud: »Der Nachhilfelehrer, gell?«

»Ja, der gescheiterte Nachhilfelehrer«, sage ich, »Waltraud, die schöne Waltraud.«

»Die Mathematikerin«, lacht sie.

Sie nimmt die Schürze ab, unter der sie ein weites, fast wallendes, gebatiktes Kleid trägt, das grundsätzlich tiefblau ist und vorwiegend mit orange-roten amorphen Farbflächen, da und dort auch mit sonnengelben und grasgrünen Explosionen gesprenkelt ist.

Sie tritt einen Schritt zurück, mustert mich: »Aus dir ist ja ein Mann geworden ... äh ...«

»... Rainer.«

»Rainer. Hübsch und appetitlich siehst du aus.«

Meine Gedanken bleiben einen Moment an der Vokabel appetitlich hängen, dann sage ich, mich umblickend: »Das ist also ...?«

»... mein Batikstudio, ja, ich möchte mein eigenes Ding machen, weißt du.«

»Und wer macht die Dinge, die nicht deine eigenen sind?«

»Mein Mann. Ich bin jetzt seit über elf Jahren verheiratet.«

»Aha.«

»Also«, Waltraud macht eine umfassende Bewegung mit ihrem rechten Arm, »bitte, such dir etwas aus.«

»Was kostet denn dieses Tuch?«

»Keine Angst«, Waltraud lächelt, »ich mache dir einen fairen Preis.«

Ich bin immer schon misstrauisch gewesen, wenn mir jemand einen guten Preis in Aussicht gestellt hat, bei einem fairen Preis aber fühle ich mich offen über den Tisch gezogen. Doch um die Atmosphäre nicht merkantil werden zu lassen, lasse ich mir das Tuch in Geschenkpapier verpacken. Sie bugsiert das geschenkverpackte Tuch in ein naturfarbenes Jutesackerl (zusätzlich zwei Euro) und überreicht es so, als enthielte es einen Goldbarren.

»Ich wünsche deiner Frau viel Freude.«

»Ich bin nicht verheiratet«, antworte ich schnell, »es ist für die Verlobte eines Freundes.«

Sie lächelt geschäftsmäßig und nennt den Preis in einem Tonfall, als gratuliere sie mir zu einer überstandenen Krankheit.

Ich bezahle und frage in die etwas beklemmende Stille hinein: »Kaffee?«

Waltraud stutzt, dann richtet sie sich vermittels einer Verlegenheitsgeste ihr Haar: »Ich trinke keinen Kaffee. Aber wenn es ein Tee sein darf ... an der übernächsten Hausecke ist die Teestube, da können wir gern auf einen Sprung hingehen.«

Sie schlüpft darauf in einen derb gestrickten Wollmantel und sagt auf dem Weg in die besagte Teestube zu mir: »Viel Zeit kann ich nicht erübrigen, ich batike gerade gegen Fremdenhass und Rassismus.«

Ich nicke beiläufig, finde das Gesagte zwar ebenso blödsinnig wie »mein Ding machen« und sage undeutlich: »Ja, man muss Zeichen setzen.«

Die Teestube entpuppt sich als Paralleluniversum zu Waltrauds Batikstudio. An den Wänden sind einschlägig bedruckte (gebatikte?) Textilien drapiert; die Servierkraft, ein hühnerbrüstiger Bursche mit schütterem Backenbart, simuliert Stress in der nicht einmal zur Hälfte besuchten Teestube, bespricht die Bestellungen der Gäste in gehoben serviler Haltung und leisem, fast verschwörerischem Ton. Auch die Gäste, die, ob Frau oder Mann, alle dem elastischen Ober ähneln, sprechen miteinander nicht viel lauter als im Flüsterton, sodass das Klimpern der Teelöffel und der gutbürgerliche Klang des Absetzens der Teetassen auf den Porzellan-Untersatz vorherrschen.

Waltraud hat den milchgesichtigen Ober mit einem vertrauten »Servus, Elias« begrüßt. Dieser weist uns nach einem skeptischen, fast missbilligenden Blick auf mich einen Tisch zu, verbeugt sich gallig und enteilt mit den Worten »Ich bin gleich bei euch« mit einer Hast, als wäre die verschnarchte Teestube ein überfülltes Bahnhofsrestaurant.

Waltraud erklärt die reichhaltige Teekarte, führt zunächst durch Früchte-, Blüten-, Rinden- und Wurzeltees, des Weiteren durch Anis-, Bambus-, Eukalyptus-, Ingwer-, Mate- und Zimttees sowie echte Tees von der Teepflanze. Danach erörtert sie die Vorzüge und Eigenschaften von Grün-, Gelb-, Weiß- und Oolongtee.

Als ich frage: »Kaffee haben sie da ja nicht?«, ernte ich einen Blick, als hätte ich gefragt, ob Waltrauds Brustwarzen gepierct seien.

»Nein«, antwortet sie verächtlich, versucht dabei aber ein Lächeln, »was es gibt, ist gewöhnlicher Schwarztee.«

»Wollt ihr Gebäck zum Tee?«, fragt Elias, und obwohl er in der zweiten Person Mehrzahl spricht, schaut er nur Waltraud an. »Ist heute alles frisch von Demeter hereingekommen.«

Waltraud bekommt dann einen schlicht angerichteten graubraunen Würfel, bei dessen Anblick mir das Wasser im Munde zusammenläuft, nicht, weil er so appetitanregend aussieht, sondern weil er so trocken wirkt, dass mein Körper den Mund wässert, um einer lebensbedrohlichen Dehydrierung vorzubeugen.

Waltraud nimmt geziert ein Stück von dem bröseligen Würfel und sagt dann naturgemäß recht trocken: »Du bist also nicht verheiratet? Nicht mehr oder noch nicht?«

»Ich war noch nie verheiratet.«
»Bist du in einer Beziehung?«
»Zurzeit nicht, höchstens One-Night-Stands.«

Der Frauenausborger kennt in der Tat nur One-Night-Stands. Ab und an vielleicht auch Two- oder Three-Night-Stands, aber über mehr geht es nie hinaus, weil er, wie wir wissen, rasch gesättigt, ja übersättigt ist und er dem inneren Drang, zu neuen Ufern aufzubrechen, nicht widerstehen kann und auch gar nicht will.

Dass es nicht zu mehr kommt, liegt selbstverständlich auch an den jeweiligen Partnerinnen, die in der Mehrzahl der Fälle auch nur das kurze Abenteuer suchen, das – haben sie es gefunden – sie selbst ein wenig erschreckt. Darum lässt es sie bald in das abgestandene Wasser des Beziehungshafens zurückkehren, und sie sind froh, dass der Frauenausborger nicht auf einer gemeinsamen Zukunft besteht.

Wie auch immer, der Frauenausborger weiß nichts von der erfüllenden Sexualität, die auf Vertrautheit oder gar Liebe fußt, kennt aber andererseits auch nicht die verdrießliche Abflachung dieser Erfüllung. So groß die Sucht nach immer wieder neuen Frauen ist, mit den Jahren muss er sich einen Ruck geben, sich selbst motivieren, den Weg, der ihm auferlegt ist, wieder und wieder von vorn zu gehen.

Vorsichtig nippe ich an meinem extrem heißen Tee: »Und du?«, frage ich, »bist du verheiratet?«
»Ja; mit einem Physiker, der ein bisschen Theologie studiert hat, und wir haben einen Sohn.«
»Ist er gut in Mathematik, dein Sohn?«

»Der Xaver ist erst zwölf«, lacht Waltraud, »da ist es ja noch einfach«, und fügt hinzu, »besser, als ich es war, ist er allemal. Xaver geht in eine Waldorf-Schule, da ist Mathematik nicht sooo wichtig, weißt du.«

Ich blase in meinen Tee: »Waldorf, ist das so was wie Montessori?«

»Nein, gar nicht. Schau, ich bin Anthroposophin ... Rudolf Steiner und so.«

»Ja, davon habe ich schon gehört, allerdings weiß ich nicht genau ...«

Waltraud würgt den letzten Bissen ihrer biologisch-dynamischen Mehlspeise ohne jedes Zeichen von Lustgewinn hinunter und spült mit einem großen Schluck ihres Wurzeltees nach. »Die Anthroposophie, kurz gesagt, wurde von Rudolf Steiner ›gegründet‹ und ist eine spirituell-esoterische Weltsicht und ein Erkenntnisweg, der über die christliche Mystik, das Rosenkreuzertum und die anglo-indische Theosophie führt, mit gnostischen Elementen ...« Waltraud unterbricht sich, als sie den Ausdruck tiefer Verständnislosigkeit auf meinen Zügen bemerkt. »Ich batike zum Beispiel anthroposophisch, nämlich nach der Goetheschen Farbenlehre ...«

»... die sich als falsch erwiesen hat, wie ich einmal wo gelesen habe«, werfe ich ein und bemerke, dass Waltraud missbilligend den Mund verzieht.

»Das kannst du so nicht sagen, Rainer, das musst du im Gesamtkontext sehen.«

»Da hast du sicher recht, Waltraud, wie gesagt, es hört sich überaus ... inspirierend an.«

»Für einen Mathematiker wie dich muss das alles ja zunächst nach Hokuspokus klingen.«

»Ich bin kein Mathematiker, Gott bewahre, ich ...«

»Nein? Was bist du dann?«

Ich möchte das Gespräch aus der anthroposophischen Ecke herausholen und ein wenig Humor bemühen: »Ich schreibe.«

»Du schreibst? Was schreibst du denn?«

»Ja«, sage ich ganz ernst, um die Pointe noch zwingender zu machen, »ich bin augenblicklich dabei, meine Autobiografie so umzuarbeiten, sodass ich selbst darin vorkomme.«*

»Ach so ...«, antwortet Waltraud, und ihr Gesicht zeigt keinen Landeplatz für den Anflug eines Lächelns. »Ist was mit deinem Tee? Du trinkst ja kaum.«

»Er schmeckt, wie soll ich sagen, bitter ... ich habe den Tee gern süß.«

»Der Elias soll dir einen Honig bringen.«

»Nein, nein, nur kein Honig, mich reckt es schon, wenn ich Honig nur rieche.«

»Du magst keinen Honig?«, fragt Waltraud unverhältnismäßig fassungslos.

»Ich mag schon Bienen nicht«, antworte ich und mache einen letzten Versuch, das Gespräch aufzuheitern.

Waltraud fragt besorgt: »Du magst Bienen nicht? Bienen sind die Engel des Blühens, die Elfen der Natur!«

»Wenn ich ein wenig Zucker bekommen könnte?«

»Zucker?« Waltrauds Besorgnis wandelt sich in Entsetzen.

Sie ruft Elias, und auch der, indem er eine Augenbraue hebt, antwortet in einem Tonfall, als hätte ich Heroin geordert: »Zucker?«

»Ja, gewöhnlichen Kristallzucker.«

---

* Woody Allen

Elias antwortet herablassend und tadelnd zugleich: »Wir haben, wenn, nur unraffinierten braunen Rohrzucker.«

»Sag, waren wir damals nicht per Sie in den Nachhilfestunden?«

Jetzt lacht Waltraud. »Ich habe Sie gesagt, weil meine Mutter das damals so gewollt hat. Du hast mich von der ersten Stunde an forsch geduzt.«

»Dabei erinnere ich mich, dass ich dir immer wieder vorschlagen wollte, dass du ruhig du zu mir sagen kannst, aber ich habe mich nicht getraut.«

»Also, schüchtern bist du mir damals nicht vorgekommen.« Waltraud versucht ein Lächeln.

»Hast du eine Ahnung«, entgegne ich.

Sie findet das rührend. »Er schlägt die Augen nieder!« Sie berührt spontan meinen Unterarm und spricht dann die aus Deutschland einmarschierte Sprachhülse aus, die nur mit blödsinniger Betonung funktioniert, »wie süß ist *das* denn?«.

Schüchtern, muss wiederholt gesagt werden, ist der Frauenausborger von Natur aus, da er nicht in der Lage ist, ihm gänzlich unbekannte Frauen kennenzulernen. Er legt seine Schüchternheit im Zuge der Anbahnung einer Ausborgung zwar ab (oder verbirgt sie geschickt), setzt sie aber bewusst ein, um bei der jeweiligen Frau Sympathie zu generieren. Denn vor allem wenn der Frauenausborger ein attraktiver Mann ist, so wiegt glaubwürdig zur Schau gestellte Schüchternheit die betreffenden Frauen in Sicherheit. Weiters gilt es zu erwähnen, dass der Frauenausborger genötigt ist, alles zu vermeiden, was zu grundsätzlichen Meinungsverschiedenheiten zwischen ihm und seiner Beute – und damit zum Zerwürfnis – führen könnte. Darum senkt er lieber den Blick, auch wenn ihm scharfe Widerworte auf der Zunge liegen, und gibt den Schüchternen. Das soll nicht heißen, dass er keine eigene Meinung hätte oder keine eigenen Überzeugungen, selbstverständlich hat er die, wie jeder andere auch, aber er ordnet eben alles seinem Trieb, seiner Obsession unter. Was hätte er auch davon, verteidigte er vehement seine Meinung, seine Überzeugungen! Was soll er streiten, noch dazu in der Anfangsphase, die so oder so eine heikle ist? Er nähert sich seinen Opfern nicht, um mit ihnen zu diskutieren.

Waltraud lehnt mein Angebot, sie nach Hause zu fahren, ab, danke, sie fahre mit dem Bus, würde sich aber über einen wiederholten Besuch in ihrem Atelier freuen.

Nach eineinhalb Wochen, als ich Waltraud wieder aufsuche, trägt sie ein goldbraunes Wohnkleid mit purpurroten und zitronengelben Mäandern und Schlieren, verabschiedet sich gerade von einer Kundin mit einem bemerkenswerten Filzmantel, der sie wie ein Harnisch umgibt, und die sich ihrerseits mit maschinell abgesetzten Bewegungen – der Steifheit des Filzmantels geschuldet – von Waltraud verabschiedet.

»Rainer!«, ruft Waltraud in einem Ton, als hätte sie auf mich gewartet, »welch Glanz in meiner Hütte.«

»Ich war gerade in der Nähe«, lüge ich.

Es entsteht eine unangenehme Gesprächspause, darum setze ich fort: »Hättest du Lust auf einen kleinen Imbiss?«

Waltrauds Lächeln geht in ein – zögerliches – Nicken über.

So füge ich hinzu: »Vielleicht nicht unbedingt wieder in die Teestube. Gibt es hier irgendwo vielleicht ein normales, äh … gewöhnliches Kaffeehaus oder so?«

Sie rafft ihr Kleid und meint besorgt: »Ja, schon. Aber die haben nur herkömmliches Essen, ich esse kein Fleisch.«

Ich riskiere es, zu widersprechen: »Die haben sicher auch was Vegetarisches, also irgendein Gemüse haben sie sicher auch. Und Tee.«

»Ich esse eigentlich nur biologisch-dynamisch Angebautes, aber lassen wir einmal fünfe gerade sein.«

Als wir in diesem Café an einem Tisch in der Nähe der Eingangstür Platz nehmen, moniert Waltraud, dass es ihr zieht, legt ihren Mantel nicht ganz ab, sondern hängt ihn sich um und sitzt in ihrem – gemäß der Goetheschen Farbenlehre gebatikten – keinerlei Rückschlüsse auf ihre Figur zulassenden Kleid da, was von dem umgehängten Wollmantel, dem ein wenig der Geruch von Schafen anhaftet, noch mehr camoufliert wird.

Bei den angebotenen Speisen, einem Paar Würstel, Schinken-Käse-Toast, Gulasch mit Semmel, tut sich Waltraud schwer und entscheidet sich dann für eine Ribiselschnitte, die in einer Glasvitrine auf einem sich um die eigene Achse drehenden Tablett liegt und zu rufen scheint: »Hol mich hier raus!«

Auf die Frage Waltrauds, warum es denn hier so ziehe, antwortet die Serviererin leicht genervt: »Weil die Leut rücksichtslos und deppert sind und den Vorhang bei der Tür nicht zuziehen. Was ich den ganzen Tag renn und den Vorhang zumach, das geht auf keine Hutschnur.«

Ich bestelle das Gulasch mit einem Handsemmerl, ein kleines Bier und gehe auf die vorwurfsvolle Frage Waltrauds, »Du isst Fleisch?«, nicht weiter ein.

»Ich habe ein bisschen gegoogelt«, sage ich, »weil du mir über die Anthroposophie erzählt hast. Dieser Rudolf Steiner ist ein … sagen wir einmal, ein ambivalenter Charakter. Der hat sich ja als arrivierter Okkultist und Hellseher bezeichnet und als Goetheforscher. Was mich aber, ich muss sagen, amüsiert hat, war, dass er …« Ich bemühe mein Handy, »Moment, da steht es: ›1892 zog Steiner in das Häuschen seiner früheren Hauswirtin, der gerade verwitweten acht Jahre älteren Anna Eunike, und ihren fünf Kindern ein. 1899 heirateten die beiden. Nach einigen Monaten zog das Ehepaar in eine Mietwohnung. Steiners spätere zweite Ehefrau Marie von Sievers zog gleich mit ein, was Anna Eunike als Zumutung empfand.‹ Zumutung finde ich eine treffliche Formulierung.«

»Ja, Steiner war kein Durchschnittsmensch.«

»Das war er sicher nicht, aber mir kommt vor, er war und ist in erster Linie umstritten. Was mich nicht wundert, denn was ich so gelesen habe, hat er auch einen ganz schönen Mumpitz verzapft.«

Waltraud nimmt vermittels einer Mehlspeisgabel einen demonstrativ kleinen Bissen von ihrer leicht angemürbten Ribiselschnitte. »Weißt du, mit ein paar Minuten googeln kann man über Steiner und vor allem über die Anthroposophie kein Urteil fällen, da muss man schon in die Tiefe gehen. Wenn du Steiner und sein umfassendes Werk begreifen willst, musst du zumindest *Die Philosophie der Freiheit* lesen, das in seiner theosophischen Zeit entstanden ist.«

Ich bemerke die Leidenschaft in Waltrauds Stimme und beschließe, die rassistischen Theorien Steiners nicht zu erwähnen, sondern sage nur: »Auf jeden Fall hat er, wie du sagst, ein umfassendes Werk hinterlassen, das …«

»Du bist wie der Jonas«, fällt Waltraud mir ins Wort.
»Wer?«
»Mein Mann, Jonas, der Herr Physiker und Minimal-Theologe. Der tut Steiner und die Anthroposophie als gnostischen und rosenkreuzerischen Unfug ab.«

Ich vermute einen diesbezüglichen Konflikt in Waltrauds Ehe und nehme mir vor, mich im Zuge meiner Absichten zu einem Steiner-Versteher zu wandeln.

»Hat der Verlobten deines Freundes das Tuch gefallen, das du ihr geschenkt hast?«, wechselt Waltraud das Thema.

»Jaja, sehr«, antworte ich, wische mit der Handsemmel den übrigen Gulaschsaft vom Teller, ohne den etwas degoutierten Blick Waltrauds zu kommentieren.

Beim Abschied vor dem Café gebe ich ihr meine Telefonnummer. »Falls du Lust hast ...«

»Falls ich Lust habe, dir Nachhilfe in Anthroposophie zu geben?«

»Nicht nur, sondern auch«, sage ich und bin erfreut, dass Waltraud mir sowohl die rechte als auch die linke Wange anbietet, um sie zu küssen, was sie danach ebenfalls mit zwei Wangenküssen beantwortet.

»Bis bald«, sagt sie und reicht mit einem Lächeln ein »vielleicht« nach, das man auch als »hoffentlich« interpretieren könnte.

»Darf ich dich heute nach Hause fahren?«, frage ich, aber Waltraud streicht mir über die Wange.

»Nein danke, Rainer, ich nehme wieder den Bus.«

Wie schon bemerkt, darf sich der Frauenausborger das Vergnügen nicht gönnen, mit Freunden über seine Aktivitäten zu sprechen. Denn eine richtige Männerfreundschaft interessiert ihn nicht. Zwar lesen sicher auch Frauenausborger in ihrer Jugend gern die Geschichten von Sir Arthur Ignatius Conan Doyle mit William Sherlock Scott Holmes und Dr. John Hamish Watson, empfinden jedoch die durchgehend bemühte Männerfreundschaft zwischen zwei Gentlemen zumindest als peinlich. Je älter der adoleszente Leser wird, desto öfter drängt sich ihm eine homophile Facette bei der Lektüre auf. Denn Sherlock Holmes hat kein Sexualleben, und als Leser hat man nicht den Eindruck, dass Watson darüber nur diskret schweigt. Selbst wenn Holmes manchmal sogar wochenlang unbekannten Aufenthalts ist, zieht Watson mit keinem Wort die Möglichkeit in Betracht, er verbringe die Tage mit einer Frau.

Wir lesen nur einmal über eine Beziehung Holmes', von der wir nicht erfahren, ob sie jemals vollzogen worden ist, denn Watson berichtet: »Für Sherlock Holmes ist sie immer nur ›die Frau‹. Ich habe ihn selten von ihr mit anderen Worten sprechen hören. In seinen Augen stellt sie alle anderen ihres Geschlechts in den Schatten. Es war nicht so, als empfände er so etwas wie Liebe für sie, denn er als Mensch des klaren und reinsten Geistes verabscheute die Trübung des Verstandes durch Emotionen.«

Die Frau war Irene Adler. Sie war Opernsängerin und Schauspielerin; der Leser begegnet ihr in dem Abenteuer *Ein Skandal in Böhmen*, in dem sie Holmes eine seiner vier Niederlagen beschert. Möglicherweise mag der Leser, ob nun Frauenausborger oder nicht, erwägen, dass Holmes an »erektiler Dysfunktion« leidet, da er ja oft und gern zu Drogen greift. Immer wieder, wenn er sich einer schlechten Auftragslage wegen intellektuell unterfordert fühlt, greift er namentlich zu einer siebenprozentigen Kokainlösung, zieht sich aber gern auch in eine Spelunke zurück, in der Opium gereicht wird und wo Holmes Stammgast-Status hat. Gelegentlich lassen Andeutungen Watsons auch vermuten, dass er auch dem Morphium nicht abgeneigt ist. Für den lesenden, heranreifenden jugendlichen Frauenausborger stellt sich diese Männerfreundschaft aber deutlich als von Holmes dominiert dar. Umso mehr, da Watson sich wiederholt, in oft selbsterniedrigenden Worten, über Holmes' barschen Befehlston beklagt, diesem aber in würdeloser Unterwürfigkeit nachkommt. Diese freiwillige und von Anfang an Platz greifende Demutshaltung und geradezu »verliebte« Bewunderung, was Holmes' deduktives Genie betrifft, macht dem Leser eine Männerfreundschaft nicht schmackhaft.

Was den Frauenausborger aber in hohem Maße anspricht, ist, wenn Dr. Watson in den späteren Geschichten Mary Morstan ehelicht und ab diesem Ereignis aus der reinen Männerfreundschaft gewissermaßen eine Dreiecksbeziehung wird. Mary empfindet sofort große Sympathie und kurz darauf tiefe Freundschaft für Holmes, die sie im Beisein Watsons auch offen zeigt, was Holmes mit Genugtuung und Watson mit fast blödsinniger Freude geschehen lassen. Besonders in den Verfilmungen spürt man es zwischen Mary und Holmes geradezu knistern.

Allerdings – und das enttäuscht den jungen Frauenausborger – macht Sherlock nie irgendwelche Anstalten, sich Mary auszuborgen, obwohl die gegebene Situation nachgerade ideal scheint. Was den lesenden jungen Frauenausborger aber nachhaltig faszinieren dürfte, sind die genial geplanten und ausgeführten Mordfälle, die Holmes aufdeckt und die keine Polizei der Welt jemals lösen würde.

Er, der Frauenausborger, kann aber über solche Themen mit niemandem sprechen oder diskutieren. Es gibt keinen Frauenausborger-Stammtisch, keine Selbsthilfegruppe oder gar einen Club, denn der Frauenausborger ist ungesellig und an männlichen Nebenmenschen nicht interessiert. Auch nicht an weiblichen Nebenmenschen, wenn er nicht gerade hinter ihnen her ist. Das Wort »platonisch« kennt er zwar, aber dessen Begriffsinhalte erschließen sich ihm nicht. Er ist nicht in der Lage, Sympathie zu empfinden oder gar – mit wem auch immer – Gespräche zu führen, die nicht seinen Absichten dienlich sind. Der Frauenausborger ist ein Egozentriker, ja ein Solipsist*, denn er empfindet die Welt nicht nur für sich und seiner fatalen Obsession wegen gemacht, sondern er selbst »ist« diese Welt.

Er kennt keine romantischen Gefühle, alles Romantische wie Mondlicht, Sternen- und Kerzenschein, geheimnisvoll raunende Bäche oder ein in der sinkenden Nacht still ruhender See bewirken nichts in ihm. Er nimmt sie nur als Katalysatoren im Zuge seiner einschlägigen Bemühungen wahr, weiß sie dafür aber meisterhaft zu nutzen.

Dass er zu keiner Zeit Liebe empfinden kann, ergibt sich aus dem vorher Gesagten folgerichtig. Auch ob er sich im Innersten nach Liebe sehnt, kann nicht gesagt werden. Möglich, dass mit zunehmendem Alter solches eine Rolle zu spielen beginnt.

Nur vier Tage später ruft Waltraud an.

---

* Ein Mensch, der glaubt, dass nur er existiert und die Welt nur für ihn gemacht ist

Ich bin überrascht und sage unbewusst das Richtige: »Gerade habe ich an dich gedacht.«

»Es gibt keine Zufälle, mein Lieber«, antwortet Waltraud bedeutungsvoll, »du«, fährt sie fort, »Jonas, mein Mann, hat vorgeschlagen, dich zu uns zum Essen einzuladen. Wann in den nächsten Tagen würde es denn für dich passen?«

Ich fühle mich überrumpelt und stammle: »Ich weiß nicht, muss nachschauen, einen Moment«, und wechsle auf meinem Handy in den Kalender, um Zeit zu gewinnen, denn ich weiß ja, dass ich zurzeit gar nichts vorhabe.

»Selbstverständlich nur, wenn es dir recht ist.«

»Nein, nein«, beeile ich mich zu sagen, »vielleicht Ende dieser Woche? Am Freitag, wenn das für dich ... für euch okay ist?«

Ich höre, wie Waltraud ihren Mann fragt: »Am Freitag hat er Zeit. Ist das in Ordnung?«

Ich vernehme keine klaren Worte, aber soweit ich beurteilen kann, vom Tonfall her, Zustimmung.

»Also, Freitag, halb sieben zum Abendessen bei uns?«, sagt Waltraud, »Kamillenweg 11, in Guntramsdorf. Ich ... und Jonas freuen uns.«

So ein Szenario ist neu für mich.

Ist schon die Aussicht auf Sex mit Waltraud, ohne ihren Mann persönlich zu kennen, an sich interessant, so wäre es doch ein kleines Intermezzo geblieben, aber durch die überraschende Einladung zum Abendessen in Waltrauds Privat-, um nicht zu sagen Intimsphäre, kann es eine große, hochbefriedigende Ausborgung werden, umso mehr, weil sie, Waltraud, die Weichen gestellt hat.

Sie! Und erstmals nicht ich.

In der Nacht vor dem Tag der Einladung in Waltrauds persönlichen Lebensbereich, in der ihr Mann, dieser Jonas, eine wesentliche Rolle spielt, sucht mich ein Albtraum heim:

Ich sitze mit Waltraud und Jonas bei Tisch, und dieser Tisch ist kein Tisch, sondern ein akkurat rechteckiges Stück Ackerboden mit zartfeuchter, gefurchter Erde, aus dem die beiden mit klobigen dreizinkigen Gabeln Feldfrüchte herausstechen und sich einverleiben, die sich, begleitet von einerseits einladendem Lächeln, andererseits hämischem Grinsen, alsbald als die Gliedmaßen und inneren Organe von Elias, der alerten Bedienung in der Teestube, entpuppen. Sie kommen zum vom Rumpf getrennten Kopf Elias', der mit herablassendem Blick und vor Empörung weit aufgerissenen Augen im gesund-fruchtbaren Erdreich liegt. Waltraud und Jonas holen mit ihren Fingern je ein Auge aus dessen Kopf und verzehren es voll verschwörerischen Genusses als Ganzes, unzerkaut, lecken sich danach die Finger, öffnen dabei schalkhaft immer wieder den Mund und zeigen mir den Augapfel im Munde des jeweils anderen, wobei die Pupille mich direkt anblickt.

Am nächsten Tag kommen mir immer wieder Situationen in Literatur oder Film in den Sinn, wo man, einer Einladung nachkommend, schon kein wirklich gutes Gefühl hat und dann von den Gastgebern rituell ermordet, verspeist oder in andere, nicht wünschenswerte Situationen gebracht wird.

Dracula fällt mir ein, wo der junge Londoner Rechtsanwalt Jonathan Harker auf Einladung des Grafen nach Siebenbürgen reist.

Get Out – rette deine Haut, kommt mir in den Sinn, wo ein New Yorker Fotograf seine Freundin auf das abgelegene ländliche Anwesen ihrer Eltern begleitet.

An *Hänsel und Gretel* erinnere ich mich, wo die beiden Kinder zwar in ein Knusperhaus gelockt werden, aber mit Anthropophagie* hat es allemal zu tun …

Auf dem Weg nach Guntramsdorf kaufe ich an einer Tankstelle einen schlichten Strohblumenstrauß, denn ich denke, ein üppiges Arrangement liefe vielleicht den anthroposophischen Grundsätzen zuwider und würde obendrein den Ehemann misstrauisch machen.

Ich läute um exakt 18.37 Uhr an der Tür, sie wird aber nicht geöffnet, sondern ich höre Waltrauds Stimme: »Nur herein, es ist offen!«

»Herzlich willkommen!«, ruft mir Jonas angetan zu, mit einer »originellen« Schürze, auf die lächerlicherweise *Hier kocht Vati* gedruckt ist.

»Tritt näher, Fremder«, sagt Waltraud aufgeräumt und zu ihrem Mann: »Er ist ein wenig schüchtern.«

In einem alten, aber sichtlich erst neulich frisch tapezierten Ohrensessel sitzt ein Bub – offenbar der gemeinsame Sohn Xaver –, schaut von seinem Spielcomputer auf und wirft mir grußlos einen Blick zu, als wolle er mich, müsste er dazu nicht aufstehen, mit Exkrementen bewerfen.

Waltraud wischt sich die Hände mit einem Geschirrtuch ab, geht mit den Worten »Ab mit dir, in dein Zimmer« an Xaver vorbei und mir entgegen, drückt meinen rechten Oberarm, nimmt mir mit den Worten »Schau die schönen Blumen« diese mit der größten Selbstverständlichkeit

---

* Kannibalismus

aus der Hand und küsst mich ebenso selbstverständlich auf beide Wangen.

»Das ist also der Mathematiker«, sagt Jonas und drückt mir die Hand.

»Ich bin der Jonas.«

»Rainer«, antworte ich befangen und muss an mich halten, nicht einen »Diener« zu machen.

Als ich Jonas bewusst ansehe, setzt bei mir ein irrationaler Fluchtreflex ein, denn, vermutlich durch mein Nachtgesicht, stelle ich mit Schrecken die Ähnlichkeit von Jonas mit Hannibal Lecter fest. Ein straffer, gepflegter Mann, nur unwesentlich kleiner als ich, mit dünnem, streng nach hinten gekämmtem Haar und zwei, auf eine beklemmende Art, wasserblauen Augen.

Er weist auffordernd auf den weder festlich noch liebevoll, aber zweckmäßig gedeckten Tisch. Waltraud nimmt mich am Oberarm und führt mich zu meinem Platz, wie sie sagt. Sie trägt einen vermutlich gebatikten, farbintensiven Hosenanzug, der mir eine etwas präzisere Einschätzung ihrer Figur gestattet, als ihre Wohnkleider es zugelassen haben.

Den aufgetragenen Gerichten entströmt der eigenwillige Geruch von Reformläden, der bald den ganzen Raum erfüllt.

Auf den Etiketten diverser Soßendosen steht Demeter, genauso wie auf der Weinflasche und den Servietten (!).

Xaver, statt in sein Zimmer zu gehen, nimmt am Tisch Platz (für ihn ist nicht gedeckt), wird von Jonas gerügt und bekommt aus einer der Schüsseln am Tisch dampfendes Gemüse in einen Suppenteller geschaufelt.

»Ich esse aber nicht in meinem Zimmer«, sagt Xaver und nimmt eine unmissverständliche Trotzhaltung ein.

»Xaver, bitte«, sagt Waltraud bestimmt, aber gewissermaßen pädagogisch wertvoll, »wir haben das doch besprochen.« Verständnisheischend sagt sie: »Er kommt jetzt ins schwierige Alter«, und zu Xaver: »Also los, ab mit dir. Du darfst bis zehn Uhr fernsehen.«

Xaver steht auf und geht widerwillig samt seinem Gemüseteller enervierend langsam Richtung der Stufen, die in sein Zimmer im Obergeschoss führen.

Jonas ruft ihm ein wenig unwirsch nach: »Hopp, junger Mann, nicht auffällig sein, wenn Besuch da ist ...«

»Jonas!«, ruft Waltraud nun tadelnd, aber Xaver beschleunigt seine Schritte, stampft die Stufen hinauf, und nach ein paar Sekunden kommt der Gemüseteller die Stiegen heruntergeflogen, und man hört, wie oben die Tür zum Kinderzimmer zugeschlagen wird.

Waltraud wischt das Gemüse von den Stiegen, die Spritzer an der Wand kann sie auf die Schnelle nicht vollständig entfernen.

Jonas beugt sich vertraulich zu mir: »Es liegt, glaube ich, nicht am schwierigen Alter, in der Schule dürfen sie ja machen, was sie wollen, und müssen nichts!«

»Das eben ist Teil der Waldorf-Pädagogik, dafür werden später selbstbestimmte Erwachsene aus ihnen.«

»Aha«, sage ich.

Ein Tischgespräch kommt daraufhin nur schleppend zustande, dreht sich zunächst in Gemeinplätzen um das Essen, dann in Small-Talk-Modulen um Bedeutungsloses. Ich lobe – glaubhaft – das Essen, nur beim Dessert winke ich ab, denn es handelt sich um den graubraunen bröseligen Würfel aus der Teestube.

Waltraud und Jonas, mittlerweile von etlichen Gläsern Demeter-Wein (erstaunlich süffig, wie ich zugeben muss) leicht aufgekratzt, beschleunigen das Gesprächstempo, und Waltraud sagt zu Jonas: »Rainer isst ja auch Fleisch.«

»Tatsächlich?«, fragt Jonas erfreut, »ich ja auch! Aber nur auswärts. Zu Hause nur Pflanzliches. Meine Frau ist nämlich Anthroposophin und Vegetarierin.«

»Das weiß Rainer schon. Und ich glaube«, sie wendet sich mir zu, legt ihre Hand auf meinen Unterarm und sieht mir geradeaus ins Gesicht, »der Rainer hat mehr von Anthroposophie verstanden als du, obwohl ich mit ihm nicht mehr als fünf Sätze darüber gesprochen habe.«

»Da gratulier ich aber«, sagt Jonas und lächelt schief.

»Ich habe mich auf *Wikipedia* ein wenig umgeschaut. Ich habe nur eine ganz ... periphere Ahnung.«

»Meine liebe Frau«, dabei blickt Jonas abschätzig (kommt mir vor) auf Waltraud, »meine liebe Frau ist, seitdem wir vor circa zwei Jahren in Dornach waren, eine, wie soll ich sagen, ›Vollblut-Anthroposophin‹.«

Waltraud legt wiederum ihre Hand auf meinen Unterarm: »Kennst du Dornach? Weißt du, wo und, vor allem, was das ist?«

Ich möchte etwas sagen, aber Jonas kommt mir zuvor.

»Jetzt, lieber Freund, kommt die Dornach-Doku.«

Waltraud: »Jonas ist Physiker und hat damals auch ein paar Semester Theologie studiert.«

Jonas (beschwichtigend, indem er drei Finger hebt): »Drei! Nicht einmal ganze drei Semester, und das nur nebenher.«

Ich nicke scheinbar interessiert.

Waltraud: »Und der Herr Doktor der Physik glaubt, weil er drei Semester Theologie geschwänzt hat, er ist Geisteswissenschaftler.«

Jonas: »Weißt du, Rainer, für diese ganze durch und durch abstruse ... Lehre den Begriff ›Geisteswissenschaft‹ zu missbrauchen ist unredlich. Dieser Steiner ist ein ... Esoterik-Gangster gewesen, der ...«

Waltraud (stellt Jonas' Weinglas energisch einen Meter von ihm weg): »So, jetzt genügt es auch schon wieder, Jonas, gell?« Sie wendet sich an mich: »Wo waren wir? Ach ja! Dornach! Kennst du Dornach?«

Ich: »Nein, ich habe noch nie ...«

Waltraud: »Horch zu«, sie wird ernst, in der Folge aber immer schwärmerischer, »Dornach liegt in der Schweiz, unweit von Basel und ist einzigartig. Wenn die Tante Jolesch gesagt haben soll: ›Alle Städte der Welt sind gleich, nur Venedig ist ein bissel anders‹, so gilt das für Dornach eins zu eins auch.«

Jonas: »Ja, aber nur für die Anthroposophen-Enklave.«

Waltraud: »Gib Ruh, Jonas ... schau, Rainer«, sie öffnet ihr Tablet, »solche Häuser, so eine Architektur findest du nur in Dornach. Jedes dieser Häuser ist nicht nur ein Haus, sondern sagt auch: Ich bin ein Haus.«

Sie zeigt mir Bilder von wirklich ungewöhnlichen Häusern, die ein Vermögen gekostet haben müssen, denn an ihnen ist alles speziell, vermutlich extra angefertigt, etliche Häuser haben nicht einmal Normfenster, also keine lapidaren Rechtecke oder Quadrate, sondern da ein Parallelogramm, dort ein unregelmäßiges Vieleck, ein Haus wie aus einem Fantasy-Film, mit einem sehr hohen, kryptisch anmutenden Schornstein (für »Rauchfang« ist er viel zu ambitioniert), der Dornach weit sichtbar überragt.

Um bei Waltraud Punkte zu sammeln, sage ich: »Ist nicht nur ein Schornstein, sondern sagt auch: Ich bin ein Schornstein.«

»Genau, du hast etwas begriffen, Rainer«, meint Waltraud, »ein Ofen ist nicht nur ein Ofen, sondern muss auch sagen …«

»Ich bin ein Ofen«, fällt ihr Jonas sarkastisch ins Wort.

»… aber nein; er muss sagen: Ich spende Wärme und Geborgenheit.«

Jonas, zu mir: »In Dornach, musst du wissen, sieht es aus wie bei den Hobbits im Auenland. Du glaubst jeden Moment, jetzt kommt Frodo Beutlin um die Ecke.«

Waltraud, missbilligend: »So, Jonas! Aus jetzt!« Und wieder zu mir, »die meisten Menschen in Dornach, musst du wissen, tragen bunte, magisch wallende Textilien nach Maßgabe der Goethe'schen Farbenlehre, sodass im Straßenbild eine Art ›Schweben‹ entsteht.«

Jonas steht auf, greift in seine Westentasche. »Ich geh auf den Balkon, eine rauchen.«

Als ich nach Hause komme, denke ich, dass ich keine taktischen Fehler gemacht habe. Ich habe mich auf der einen Seite Waltraud angebiedert, indem ich oft sogar Zustimmung für ihre anthroposophische Versponnenheit simuliert habe, auf der anderen Seite es mir mit Jonas auch nicht verdorben, weil ich seine teils sarkastischen Bemerkungen mit einem amüsierten Lächeln bedacht habe. Dazu kommt, dass ich beim Abschied, im Zuge dessen Waltraud mich herzlich umarmte und impulsiv auf beide Wangen küsste, mit Jonas – für sie unhörbar – »einmal« ein Treffen in einem Steakhouse auf einen »Fleischfetzen« vereinbart habe, er ist also mit mir, zumindest kulinarisch, verbunden.

Der Triumph des Frauenausborgers ist zwar grundsätzlich die Eroberung der jeweiligen Frau, jedoch wird der

Genuss so einer Affäre erst vollständig, wenn ihr Partner sein Freund ist oder dieser vielmehr glaubt, der Frauenausborger sei der seine. Oft mag man denken, dass der »Freundesverrat« für den Frauenausborger vielleicht sogar die größere Freude, der stolzere Sieg ist.

Denn gelegentlich schiebt sich das Bild des gehörnten Ehemannes vor das innere Auge des Frauenausborgers, und dadurch entsteht, im Wortsinn, »diebische« Freude, die ihm einen zusätzlichen Lustgewinn verschafft.

Die Aula der Rudolf-Steiner-Schule ist zwar nur wenig über die Hälfte gefüllt, dennoch herrscht eine Stimmung vor, als beginne jetzt gleich das Ereignis des Jahrzehnts. Dort sind ausschließlich Menschen mit dem Esoterik-Gen, das biochemisch nicht nachweisbar ist, sondern sich im Habitus zeigt. Es äußert sich zum Beispiel im sogenannten Katholiken-Teint, eine teigig schimmernde Hauttönung, die sich in der Kleidung fortsetzt. Ich fühle mich beobachtet, trage ich doch die Uniform der Profanen: ein Allerweltssakko über einem ebensolchen Hemd, Jeans und Turnschuhe, während die Männer alle Sakkos mit farblich kühnen Krawatten oder Hemden tragen und die Frauen mit großzügigen, meist bis zu den Knöcheln reichenden, exemplarisch gemusterten Kleidern behängt sind.

Bevor ich mit Waltraud die Aula betrete, zünde ich mir eine Zigarette an, die zu rauchen ich von Waltraud dezidiert gehindert werde, weshalb ich sie nach zwei, drei Zügen unter inquisitorischen Blicken der Umstehenden wegwerfe.

»Rainer«, zischt sie vorwurfsvoll, »du kannst doch jetzt nicht rauchen!«

Waltraud im anthrazitfarbenen Großraumkleid mit kräftig leuchtenden, an Kometenschweife erinnernden Elementen nickt grüßend dahin und dorthin, umarmt und küsst oder wird umarmt und geküsst, weist hie und da auf mich und sagt: »Ein Freund.«

Ich verbeuge mich gallig und murmle: »Rainer. Rainer Caofal.«

Als mich Waltraud eine knappe Woche nach dem ominösen Abendessen anruft und mit der größten Selbstverständlichkeit zu dem Vortrag eines Anthroposophiemeisters, eines gewissen Professors W. Gruber, einlädt, sage ich naturgemäß zu.

Jetzt sitzen wir also in der halbvollen Aula einer Waldorf-Schule auf Sesseln, die für Halbwüchsige gebaut sind, um den Worten des heftig akklamierten Professors zu lauschen, dessen Referat den Titel *Pädagogik für Arier* trägt.

Professor W. Gruber spricht, sich immer wieder geräuschvoll räuspernd, stets das Füllwort »sozusagen« gewissermaßen als rhetorisches Standgas verwendend, in ein konstant rückkoppelndes Mikrofon.

Bei für mich besonders abstrusen Behauptungen sieht Waltraud mich bedeutungsschwer an. Ja, sie greift nach meiner Hand und drückt sie, wenn Begriffe wie Geistwesen, Ätherleib, Astralreise, Ahriman und Luzifer fallen oder gesagt wird, der Erzengel Michael sei der Volksgeist der Deutschen, der bis zum Jahr 2300 die Welt leite und die Anthroposophen im Kampf gegen die Mächte der Finsternis anführe.

Nach einer knappen Stunde werden im Anschluss noch die Hautcreme von Weleda, biologisch-dynamische Karotten der Marke Demeter und das Rudolf-Steiner-Brot zur Förderung der persönlichen Geist-Erkenntnis angepriesen oder besser »aufgedrängt«. Danach empfiehlt der Vortragende noch sein Buch *Wurzelrassen, Erzengel und Volksgeister* (und zwar die Neuausgabe von 2009).

Ich fühle mich wie bei einer Heizdeckenfahrt.

Abschließend zitiert Professor W. Gruber noch aus einem Traktat Rudolf Steiners: »Der Keim zum Genie ist der arischen Rasse bereits in ihre atlantische Wiege gelegt worden.«

Als wir dann vor der Schule stehen und Waltraud sich von etlichen Leuten betont herzlich, auch mit Worten der Zustimmung zu dem Gehörten, verabschiedet, zünde ich mir ein wenig demonstrativ eine Zigarette an und rauche sie trotzig fertig.

Waltraud ist darüber nicht glücklich, wie sie sagt, fügt dann aber burschikos hinzu: »Und? Was machen wir jetzt?«

»Fahren wir zu mir ... ich mach uns einen Tee«, presche ich vor.

»Gut. Lass uns loslegen.«

»Lass uns loslegen« ist genauso eine entbehrliche Sprachtorheit wie etwa »Sein Ding machen«, noch dazu eine Formulierung, die ihre Hoch-Zeit hinter sich hat. Wie damals, als jeder Quizmaster, wenn eine neue Spielrunde anfing, nicht etwa »Auf ein Neues«, »Schreiten wir zur Tat« oder das volksnahe »Auf geht's!«, sondern »Legen wir los!« gesagt hat. Und immer, wenn solche sprachlichen Modeerscheinungen aufkommen, nehmen die Menschen sie unhinterfragt auf, weil sie glauben, das ist jetzt so.

Im Auto spricht Waltraud darüber, wie sich dieser Vortrag über die Waldorf-Pädagogik in die Gesamtlehre einfüge, wie kühn gewisse Thesen heutzutage anmuten müssten, obwohl sie mittlerweile seit beinahe hundert Jahren existieren.

Ich vermeide jeden Widerspruch, nicke meist nur und tue ansonsten so, als nehme der Abendverkehr meine ganze Aufmerksamkeit in Anspruch.

»Hast du was zu essen daheim?«, fragt Waltraud.

»Nein ... oder ja schon, aber nichts für dich, also nichts von Demeter oder so, ich habe ja nicht ahnen können, dass ...«

»Was hast du denn zu Hause?«

»Fertiggerichte. Kalbsbutterschnitzel mit Selleriepüree, Hühnerfilet in Steinpilzsauce mit Nudeln ...«

»Ich könnte, wenn's hart auf hart geht, nur das Püree oder die Nudeln essen.«

»Aber Wein habe ich. Einen guten. Côtes du Rhône. Aber sicher nicht biologisch-dynamisch oder so was ...«

Waltraud legt eine Hand auf meinen Schenkel und sagt charmant: »So kann das nicht weitergehen. Wir werden dich in Zukunft anständig ernähren.«

Wir?

Wer wir?

Sie und ich?

Waltraud und Jonas?

Oder alle Anthroposophen der Stadt?

Wahrscheinlich wird mit Waltraud die Beendung der Ausborgung kompliziert und aufwendig sein, denn etwas wie »Zukunft« wird es natürlich nie geben.

Waltraud und ich stehen in meiner Wohnung, und sie reißt sofort ein Fenster auf mit der Bemerkung: »Bei dir riecht es nach Rauch, ich tu stoßlüften ... und muffeln tut es auch ein bisschen.«

Während sie das Fenster aufmacht und mir den Rücken zuwendet, kann ich schnell das Batiktuch, das ich bei ihr für die »Verlobte eines Freundes« gekauft habe, verschwinden lassen.

»Soll ich dir einen Tee machen?«, frage ich, »oder willst du ein Glas Wein?«

»Ein Glas Wasser reicht mir«, sagt Waltraud, geht zu dem offenen Fenster, beugt sich hinaus, holt tief Luft, nimmt mir das Glas Wasser aus der Hand, trinkt es in einem Zug leer, stellt es ab, geht auf mich zu und …

… es ist keine Verführung, es ist ein Angriff. Sie öffnet die oberen Knöpfe ihres gewöhnungsbedürftigen Kleides, drückt mich an die Wand, ihr Atem beginnt zu fliegen, sie küsst mich und macht meine Hose auf, schiebt sie zu den Knien hinunter, knöpft danach mein Allerweltshemd auf, küsst und leckt meine Brustwarzen, streift ihr Kleid ab und steht in weißer Standard-Unterwäsche vor mir, die Füße in weißen Füßlingen, die wiederum in vorn großzügig abgerundeten Halbschuhen (anthroposophisch?) stecken.

Sie streift die Schuhe ab und zieht mich die eineinhalb Meter zum Bett, entledigt sich ihrer Unterhose. Ich steige linkisch aus meiner Hose, die mir auf die Knöchel gerutscht ist, und stolpere mit Waltraud aufs Bett.

Sie gibt im Zuge der Begattung beinahe ununterbrochen Anweisungen: »Nimm mich in den Arm!«

»Küss mich!«

»Fass meine Brüste an!«

»Nicht so fest!«

»Beweg dich nicht so schnell!«

»Langsam … jaaa!«

»Fester!«

»Noch nicht kommen!«

»Warte, ich dreh mich um!«

Bis sie endlich mit einem kehligen Wehruf in eine Entspannung sinkt.

»Bring mir noch ein Glas Wasser.«

Ich stehe nackt mit verschränkten Armen neben dem Bett, ich blicke auf sie hinab, wie sie ihr linkes Bein unter der Decke hervorschiebt, sehe ihren Fuß mit dem weißen Füßling und sage: »Kann ich jetzt das Fenster wieder zumachen?«

Nachdem sie sich aufwendig verabschiedet hat, hake ich die Sache für mich ab.

Einige Tage später läutet mein Telefon, das Display zeigt *anonym*, es ist aber Jonas.

»Rainer?«

»Ja ...?«

»Rainer, ich habe ein ... Anliegen, wenn ich so sagen darf«

»Ja?«

»Es ist so: Waltraud und ich sind von einer ihrer anthroposophischen Freundinnen und deren Mann eingeladen worden, nach Dornach ... du weißt, wir haben darüber kurz gesprochen, erinnerst du dich?«

»Ja«, sage ich, »das ist dieses Anthroposophen-Dorf bei Basel.«

»Genau, ich muss dir aber ganz ehrlich sagen, dass mir das zurzeit sehr ungelegen kommt, weil ich ... wie soll ich sagen ... schon anderweitig disponiert habe, und jetzt frage ich dich, ob nicht eventuell du mit ihr fahren möchtest?«

»Ich?«

»Ja, ich dachte mir, weil Waltraud mir erzählt hat, dass du mit ihr bei dem Vortrag von diesem Professor ...

schieß mich tot ... gewesen bist und gemeint hast, du hättest das alles interessant gefunden und ...«

»Interessant, na ja.«

»Sie hat gesagt, ihr seid hernach noch gut zwei, drei Stunden zusammengesessen und habt ... angeregt ... äh ... diskutiert.«

»Ja, das schon.«

»Also, und jetzt möchte ich dich fragen, ob ich ihr vorschlagen darf, dass du mit ihr fährst.«

»Jonas, ich ...«

»Denk drüber nach, okay? Ich werde Waltraud sagen, sie soll das mit dir besprechen, ganz unverbindlich, natürlich.«

»Klingt fürs Erste nicht uninteressant, aber ich möchte in keiner Weise, dass du ... wie soll ich sagen ...?«

»Nein, nein, mach dir keine Gedanken.«

»Wenn du meinst, Jonas ...«

»Also, ich sag ihr, sie soll sich bei dir melden, gut?«

»Ja, gut, richte Waltraud aus, sie kann mich gern anrufen.«

»Du würdest mir sehr helfen«, sagt Jonas; er klingt erleichtert.

»Na, dann ...«

Am späten Nachmittag des folgenden Tages ruft Waltraud tatsächlich an: »Grüß dich, mein Lieber. Jonas hat mit dir telefoniert?«

»Ja, er ...«

»Wir müssen uns treffen«, sagt sie hastig, »denn die ganze Chose ist ein bisschen kompliziert.«

»Wann soll denn das stattfinden, Dornach und so ... und wie lange würden wir bleiben? Ich müsste ja klären, ob ...«

»Dazu müssen wir uns eben treffen, am besten gleich morgen.«

»Mit großer Freude, aber nicht in der Teestube!«

»Aber auch nicht in diesem Café, wo es so zieht.«

Wir vereinbaren ein Treffen in der Bar eines internationalen Hotels, »weil«, so Waltraud, »da haben sie nicht nur Sackl-Tee.«

Als ich die betreffende Bar des internationalen Hotels betrete, ist Waltraud schon da, sitzt mit Sohn Xaver (!) an einem Vierertisch in einem Fauteuil-ähnlichen Armsessel, vor sich ein aufwendig ausgestattetes Tee-Arrangement, während Xaver vor einem beinahe unberührten Teller Erbsenreis sitzt, während er Pommes frites mit Ketchup reklamiert.

»Hallo Xaver«, sage ich, und Xaver schaut mich wieder so an.

Wie es in Bars internationaler Hotels Sitte ist, gleitet der Ober zunächst etwa zehnmal an uns vorbei, obwohl ich überdeutlich auf mich aufmerksam mache, lässt sich aber endlich förmlich herab und fragt: »Bitte sehr?«

»Ich möchte Pommes frites mit Ketchup!«, kräht Xaver.

Ich entscheide mich für ein Clubsandwich und Coca-Cola, was Waltraud besorgt lächeln lässt und ansatzweise den Kopf schütteln.

»Also«, beginne ich, »wie soll das mit Dornach ablaufen?«

»Das ist ein bissel kompliziert, weißt du«, antwortet Waltraud, »zuerst einmal: Wir fahren gar nicht nach Dornach!«

»Ach was?«

Waltraud bestellt mit Nachdruck Pommes mit Ketchup für Xaver und weist ihn an, sich für die Zeit des Verzehrs an den leeren Nebentisch zu setzen. Xaver wäre für einen Teller Pommes frites wahrscheinlich bis Grönland gegangen, denn er setzt sich widerspruchslos weg und verschlingt andächtig seine Pommes.

»Schau, lieber Rainer«, sie senkt die Stimme, »ich sag es dir rundheraus: Das hab ich alles erfunden, damit Jonas glaubt, ich befinde mich im fernen Dornach ... weil, dass er nicht mitfahren würde, das hab ich ja geahnt. Der will nur sturmfreie Bude, damit er mit seiner Freundin, die noch dazu eine Freundin von mir ist, im Bett herumkugeln kann, verstehst du?«

»...?«

»Na ja, und wenn die beiden gerade zugange sind, steh ich auf einmal im Zimmer ... und so weiter ... aber das soll dich alles nicht berühren, das ist ganz allein meine Sache.«

»Langsam«, sage ich, »du meinst ...?«

»Ja, Lieber, wir verbringen eine schöne Zeit, und ich kehre vorzeitig zurück, erwische ihn in flagranti und dann ...« Sie beugt sich zu mir und zieht mich zu sich. »Xaver wird zwar die paar Tage bei uns sein«, sie flüstert jetzt fast, »drum habe ich ihn heute mitgenommen, damit ihr euch kennenlernt und ...«

»Du meinst, ihr werdet beide bei mir, äh ... wohnen?«

»Es sind ja nur ein paar Tage«, sagt Waltraud noch leiser, »der Bub wird uns nicht stören, dem mach ich das Bett auf deiner Couch, und wenn er schläft ...«

»Heißt das, dass Xaver heute schon die Nacht über bei mir ... uns sein wird?«

»Aber nein. Jonas ...« sie blickt auf ihre Uhr, »Jonas muss jeden Moment da sein und ihn abholen.«

»Jonas kommt hierher? Aber ...«

Ich bestelle beim Kellner einen Single Malt, bevor er an unserem Tisch vorbeihuschen kann. Als er das Whiskyglas vor mich hinstellt, schaut mich Xaver zum ersten Mal an, als würde er mich nicht mit Exkrementen bewerfen wollen.

»Er weiß ja, dass du da bist, wir müssen doch alles wegen Dornach besprechen!« Sie zwinkert mir zu.

Bevor ich antworten kann, kommt tatsächlich Jonas, um Xaver abzuholen, der sich zunächst weigert mitzukommen, weil die verhaltenen Gespräche ihn offenbar doch mehr interessieren, als mit seinem Vater mitzugehen, aber sowohl Waltraud als auch Jonas machen ihm (mit Waldorf-Pädagogik, darum dauert es seine Zeit) klar, dass er jetzt mit Jonas gehen muss.

Jonas ist völlig entspannt, ohne das geringste Misstrauen, im Gegenteil, er wünscht uns einen interessanten Aufenthalt in der Schweiz, insbesondere mir wünscht er unvergessliche Eindrücke in Dornach.

Ich bestelle noch einen Single Malt und erkundige mich bei Waltraud: »Sag mir bitte, warum das alles?«

Waltraud: »Wir sind fast zwölf Jahre verheiratet, seit zwei Jahren haben Jonas und ich getrennte Schlafzimmer. Dabei hat er mich schon viel länger nicht mehr angefasst, und ich muss dir sagen, es geht mir auch nicht ab, überhaupt seitdem ich mich mehr und mehr der Anthroposophie zugewendet habe. Bis ich draufgekommen bin, er hat eine Geliebte, die ebenfalls Anthroposophin ist.«

»Aber du hintergehst ja auch deinen Mann, und weil ich dir nach Jahren wieder über den Weg gelaufen bin, bin ich dir gerade recht gekommen …«

»Aber Rainer«, Waltraud schmiegt sich an mich, »das kannst du doch nicht wirklich glauben. Hast du den Eindruck, dass ich dich benutze?«

Ich nehme einen großen Schluck Single Malt. »Ja, was denn sonst?«

»Rainer«, sagt Waltraud ernst, »wie du vor zwei Wochen bei mir im Atelier gestanden bist, hast du mir schon gefallen, bevor ich dich wiedererkannt habe. Da war auf der Stelle gleich ein so starkes Gefühl in mir ... und wie ich dich dann erkannt habe, da, wie soll ich sagen, da war nur mehr Licht in mir, und ich habe unsere gemeinsame Zukunft gesehen, und meine Absicht, mich von Jonas scheiden zu lassen, hat sich zum Entschluss gefestigt.« Sie nimmt meine Hand in ihre beiden Hände, drückt und streichelt sie zugleich. »Und ich habe gespürt, du spürst das auch. Du hast doch auch intuitiv gewusst, dass du angekommen bist, Lieber.«

Der Frauenausborger hat, wie man weiß, vor nichts so viel Angst als davor, dass sich eine Episode in etwas Dauerhaftes, gar in eine Beziehung, verwandeln könnte. Wenn das der Fall ist, beginnen reflexartig die – bewährten – Ausreden und Abwehrhaltungen, die vor allem die »Verzweiflung« des Frauenausborgers ausdrücken, vollkommen liebesunfähig zu sein, und sein Bedauern darüber, solche Gefühle ausgelöst zu haben.

Was in der gegebenen Situation für den Frauenausborger gilt, ist, dass das Sahnehäubchen des Genusses wegfällt, das Hintergehen eines »Freundes«. Wenn der Gatte, den der Frauenausborger kennengelernt hat (in dem Fall eben Jonas), diesem seine Frau (konkret Waltraud) geradezu aufdrängt, turnt ihn das ab, oder wenn die Frau, wie sich herausstellt, sich ihm in erster Linie aus Vergeltung hingibt, so beißt das eine weitere Ecke vom inneren Triumph ab.

»Der Jonas greift mich, wie gesagt, schon über zwei Jahre lang nicht mehr an. Ich hatte mich damit schon abgefunden, aber du hast mich wieder ... erweckt.«

Ich trinke meinen Whisky aus.

Als wir dann in meiner Wohnung auf der Couch sitzen und mit je einem hastig ausgewaschenen Glas Côtes du Rhône anstoßen, erzählt sie von ihrer Ehe. »Ich sitze seit Jahren auf den Trümmern unserer Beziehung.« Sie versäumt nicht, rosige Zukunftsaussichten über unsere neue Liebe einzuflechten, die, wie sie sich ausdrückt, »schicksalhaft über uns hereingebrochen ist.« Dabei küsst sie mich verspielt auf Mund und Wangen.

Dieses Mal gibt Waltraud kaum Anweisungen, allerdings redet sie dabei, wie sie die zwei, drei Tage mit Xaver organisieren werde – selbstverständlich werde sie sich um alles kümmern – und was uns für eine herrliche gemeinsame Zeit erwarte.

Für mich ist das meiner Erregung abträglich, und die Paarung beendet sich gleichsam von selbst.

Waltraud (als sie sieht, dass ich zu rauchen beabsichtige): »Bitte mach das Fenster auf, wenn du schon rauchen musst.«

Ich: »Waltraud, du solltest dich anziehen, es kommt ganz schön kalt herein.«

Waltraud (steht langsam auf, und ich bemerke wiederum, dass sie weiße Füßlinge anhat): »Du kannst mich gar nicht schnell genug loswerden, was?«

»Aber nein, ich dachte nur ... wegen Jonas ...«

Waltraud (kommt zu mir, küsst mich, wendet sich aber abrupt ab): »Bääähh, du schmeckst nach Rauch.« (Sie beginnt sich anzuziehen.) »Wir werden uns nach einer größeren Wohnung umschauen müssen.«

Als die Tür sich hinter Waltraud schließt, schlüpfe ich in die Unterhose und denke laut: »Eine größere Wohnung ... na freilich ...«

Am nächsten Vormittag tue ich etwas, was ich davor noch nie gemacht habe und auch danach nicht wieder machen werde: Ich rufe – nicht aus Freundschaft, sondern aus Selbstschutz – Jonas an.

Hat Jonas mich vielleicht umgebracht? Er wäre jedenfalls der ideale Mörder. Er hat kein Motiv, er ist mir im Gegenteil zu Dank verpflichtet, denn ich habe ihm den perfiden Plan seiner Frau verraten und vermutlich geholfen, viel Geld zu sparen. Er wäre der Letzte, den man verdächtigte, und würde sich daher als Täter gut machen.

Ich kann, weil der grobstofflichen Welt nicht mehr zugehörig, nicht beobachten, was aktuell vorgeht.

Wahrscheinlich ermittelt Kommissar Laschober gerade erneut mit seinen Leuten im *Juventus*, wie er es noch zu meinen Lebzeiten getan hat, zum Beispiel als Herr Wurm, offenbar unglücklich gestürzt, mit gebrochenem Genick und schreckensweit aufgerissenen Augen, tot im zweiten Stock des Stiegenhauses gelegen ist.

Kommissar Laschober sieht aus wie der angejahrte, beleibte und altmodisch joviale Kommissar (oder Inspektor) aus einer in Schwarz-Weiß gedrehten Fernsehserie der 1970er-Jahre. Er hieß ... weiß ich nicht mehr. Was mir noch erinnerlich ist, er hatte eine nagelkopfgroße, fast schwarze Alterswarze unter dem rechten Auge, die sich durchaus zu einem Karzinom hätte auswachsen können.

Laschober hat, wie alle, die zum ersten Mal von »draußen« ins *Juventus* kamen, nach einer Weile gefragt, ob man nicht die Fenster aufmachen könne.

Eine der Schwestern hat geantwortet: »Das ist der Geruch des Alters.«

Einer der Beamten hat gemurmelt, wie es der Fußpfleger und Masseur jedes Mal tat, wenn er alle vier Wochen mit seinem Team ins *Juventus* kam: »Das ist der Geruch des Todes.«

»Man gewöhnt sich daran«, hat die Schwester geantwortet.

Nur im Apartment der wunderbaren Hermine hat es nicht so gerochen. Als ich es zum ersten und einzigen Mal nur kurz betreten habe und der Fokus meiner Aufmerksamkeit auf ganz etwas anderem lag, ist der olfaktorische Unterschied zum Grundgeruch der Hinfälligkeit im *Juventus* deutlich spürbar gewesen.

Die Anstaltsleitung hat nach »dem grausigen Fund«, wie die Journaille den zu Tode gestürzten Herrn Wurm bezeichnete, die Polizei verständigt, denn es kommt so gut wie nie vor, dass ein Bewohner nicht den Aufzug, sondern die Treppen benutzt, umso mehr, als Herr Wurm sich bereits sehr schwertat beim Gehen, eigentlich einen Stock benutzen sollte, was er aber – aus Eitelkeit? – verweigerte und immer unsicher auf den Beinen durch sein Restleben wankte. Dass ich meist das Treppenhaus nahm, um möglichst unbemerkt Hermines Zimmer zu beobachten, das ein Stockwerk über meinem lag, sagte ich nicht, um einerseits keine Missverständnisse aufkommen zu lassen, andererseits, um Hermine aus dem allen herauszuhalten.

Und wer von den Bewohnern sollte einen Grund haben, den alten Herrn Wurm ins Treppenhaus zu locken, um ihn dann die Stiegen hinunterzustoßen, wenn schon er auch Hermine auf seine senile, aber nichtsdestoweniger aufdringliche Art nachstellte? Herr Wurm reihte sich in keiner Weise, wie Ingenieur Ettenauer sagte, in den Beziehungsreigen ein, der im *Juventus*, lächerlich und todernst zugleich, getanzt wurde. Mord aus Eifersucht fiel also vordergründig weg, und der Papagei, den Herr Wurm damals – mit Sondergenehmigung – in einer Voliere in seinem Standardzimmer halten durfte, erschien als kein ausreichendes Motiv, Herrn Wurm umzubringen.

Noch dazu, wo Kommissar Laschober bei den strapaziösen Befragungen der Insassen, wie er sagte, immer wieder hören musste, dass das »Viech« zwar allen auf die Nerven gegangen war, aber niemand die Absicht gehegt hatte, ihm den Papagei wegzunehmen. Was Laschober kurz irritierte, war, dass erzählt wurde, Herr Wurm habe sich mit dem Vogel in seinem Zimmer immer wieder lautstark unterhalten, wobei die Dialoge so gewesen seien, dass Herr Wurm im Tonfall eines beiläufigen Gesprächs etwas sagte oder fragte und der Papagei, oft minutenlang etwas Unverständliches krächzend, antwortete. Da niemand sagen konnte, worüber Herr Wurm mit seinem Papagei sprach, konnte Laschober naturgemäß kein Motiv erkennen, Herrn Wurm die Stiegen hinunterzustoßen. Als der Papagei ins Vogelhaus im Tiergarten Schönbrunn verbracht wurde, soll dieser, wie einheitlich ausgesagt worden war, infernalisch gebrüllt haben. Nach ein paar Tagen hatte man dann den »Fall Wurm« als Unfall abgelegt.

Das Interesse an der Aufdeckung meines, des »Falls Rainer Caofal« ist wahrscheinlich gering, denn ein toter Zweiundachtzigjähriger, noch dazu in einem Altenheim, ist so selten nicht. Ich selbst kann nicht mit letzter Sicherheit sagen, ob ich ermordet worden bin oder ob es nicht doch nur ein finaler Gehirnschlag oder Ähnliches war, der sich wie ein Hieb auf den Hinterkopf angefühlt hat. Würden Kommissar Laschober und seine Leute auf den ersten Blick erkennen, dass ich umgebracht worden bin? Würde man meine sterblichen Überreste in die Gerichtsmedizin bringen und mich obduzieren? Das Sprachbild »sterbliche Überreste« ist mir immer unlogisch erschienen, denn sterblich ist der Körper von der Geburt an. Und sind Überreste etwas anderes als einfach Reste? »Sterbliche Überreste« ist nur ein ungeschickter Euphemismus für »Leiche«, so wie die Formulierungen »ist von uns gegangen«, »hat diese Welt verlassen« oder gar »ist abberufen worden« nur Beschönigungen von »ist tot« sind. Der Kommissar müsste, sollte ich nicht eine klaffende Platzwunde am Hinterkopf gehabt haben, schon etwas finden, das mich vom toten alten Mann zum Mordopfer machte. Und das könnte er, liegt doch die wunderbare Hermine, vor deren Apartment mich der Tod gefällt hat, tot auf ihrem Bett.

Kommissar Laschober hat sich vielleicht das Kinn gerieben, vor sich hin räsoniert und dann, nachdem der Polizeiarzt Hermines und meinen Tod festgestellt hatte, gerufen: »Bringts die zwei Leichen auf die Gerichtsmedizinische! Mir kommt vor, da stimmt was nicht.«

Ich weiß nicht, wie eine Mordermittlung im wirklichen Leben abläuft, weil ich mit der Polizei, außer mit im Zuge des Individualverkehrs amtshandelnden Beamten, nie zu tun hatte. Ich bin nie Gegenstand von Ermittlungen gewesen; jetzt, als Opfer, bin ich es wahrscheinlich.

Ich vermute, die Bewohner sind naturgemäß aufgeregt gewesen, weil der Tod, der im *Juventus* ohnehin hinter jeder Ecke lauert, sich wieder einmal unmittelbar offenbart hatte.

Das Personal hat sicher alle Hände voll zu tun gehabt, um die aufgewühlten Senioren zu beschwichtigen, teils medikamentös ruhigzustellen und immer wieder zu sagen, dass mein Tod ja ein schöner – weil plötzlich und unerwartet – gewesen sei. Der Tod Hermines wurde wahrscheinlich erst später entdeckt, danach ist aber die Ermittlungsarbeit voll in Gang gesetzt worden. Ich möchte mir gar nicht vorstellen, wie lange sie unentdeckt tot in ihrem Luxuszimmer gelegen ist. Das Schreckliche, erst durch Verwesungsgeruch aufgefunden zu werden, ist Hermine hoffentlich erspart geblieben. Kommissar Laschober und seine Mitarbeiter haben sicher in Hermines Apartment hineingeschaut, denn, obwohl ich es nicht mit Bestimmtheit sagen kann, irgendwer hat mich wohl aus Hermines Luxuszimmer herauskommen sehen. Auf jeden Fall mein Morder, wenn es denn einen solchen gibt.

Die Gerichtsmedizin hat hochwahrscheinlich festgestellt, dass ich erschlagen worden bin, und im Obduktionsbericht notiert, dass es eines kräftigen Menschen bedurft hatte, einen solch gewaltigen Schlag zu führen.

Da käme von den Bewohnern Herr Zapletal, der feiste Fleischer, infrage, der immer wieder von ganzen toten Säuen erzählte, die er sich mit nur einem Schwung auf die Schulter »g'schupft« hatte, und von Raufereien, die er stets mühelos für sich hatte entscheiden können: »Ich war wie der Old Shatterhand ... ein Jagdhieb – und aus.« Herr Zapletal bewohnt ebenfalls ein Apartment, denn das Schlachten und Selchen ist ein einträgliches Geschäft. Herr Zapletal, so wurde erzählt, ist vor, ich glaube, drei Jahren mit seiner Frau ins *Juventus* gekommen. Im vergangenen Jahr ist seine Frau, die enervierend langsam gegessen hatte, sich aber stets beklagte, dass die Mahlzeiten nie wirklich warm waren, beim Abendessen an einem Stück Rindfleisch (einem Kalbswangerl) erstickt. Es war ihr in den »falschen Hals« geraten, nachdem ich ihr geraten hatte, doch schneller zu essen, damit das Essen nicht ganz auskühlte.

Ihr Mann hat der gottserbärmlich hustenden und würgenden Frau mit seiner Fleischerhand auf den Rücken gehaut und dabei im Befehlston gerufen: »Los, komm, spuck's aus!«

Dabei schlug Herr Zapletal, mehr aus Zorn als aus Besorgnis, einmal so fest zu, dass seine Gattin mit dem Kopf in den Teller fiel und daraufhin, noch einmal röchelnd, leblos in diesem liegen blieb. Wie sich später herausstellte, hatte sie im Zuge ihres Todeskampfes einen Lungenriss erlitten – hervorgerufen durch ihr Würgen und Husten.

Zwei Betreuer (im *Juventus* wurde die Bezeichnung »Pfleger« vermieden) trugen Frau Zapletal auf ihrem Sessel wie in einer Sänfte aus dem Speisesaal. Herr Zapletal blickte nachdenklich auf die Hand, die den finalen »Jagdhieb« ausgeführt hatte, während alle anderen begannen, unter gedämpften Gesprächen weiter zu essen.

Herr Zapletal soll noch in die Runde gesagt haben: »Ein Fleisch muss man halt gut beißen.«

Auch Herr Ingenieur Ettenauer hätte noch die Kraft und die Entschlossenheit gehabt, mich zu erschlagen, obwohl er in keiner Weise so untersetzt ist und auch nicht die grundsätzliche Gewaltbereitschaft aufweist wie Herr Zapletal. Im Gegenteil, er wirkt schlaff und unentschlossen. Ich war Herrn Ettenauer gegenüber höflich, wenn auch reserviert, denn er scharwenzelte um Hermine herum, lud sie immer wieder in *Das Café* ein, ging mit ihr raus, und man konnte den Eindruck haben, die beiden seien »*ein Paar*«, wie das im *Juventus* genannt wurde. Mir ist das nie recht gewesen, denn gleich, als ich Hermine das erste Mal gesehen hatte, regte sich in mir, nach längerer Zeit, der Wunsch, ja die Begierde, mir eine Frau auszuborgen. Ja im Falle Hermines, sie zu besitzen.

Ettenauer ist ein eleganter älterer Herr mit vollem, streng nach hinten gekämmtem grauem Haar, immer erstklassig gekleidet, bindet er sich doch fast immer eine »Schalkrawatte« mit Paisley-Muster um, in einem Farbton, der mit dem seiner restlichen Kleidung korrespondiert. Er trägt, vor allem zum Abendessen, oft und oft einen *Dressing Gown*, eine Art Schlafrock aus florentinroter Seide, schwarze Samthausschuhe zum Hineinschlüpfen, auf deren Rist ein Wappen eingestickt ist. An Sonntagabenden meist auch noch Manschettenknöpfe. Er sagt zu den Damen »Gnädige Frau« oder auch »Meine Liebe«, im Gegensatz zu Herrn Zapletal, der alle duzt und plump mit Vornamen anredet. Herr Ettenauer ist daher naturgemäß bei den Bewohnerinnen beliebt, während Herr Zapletal, zumindest vordergründig, abgelehnt wird. Hermine zum Beispiel sprach von ihm meist nur als »der Schweinskerl«.

Herr Romstorfer käme ebenfalls als Täter infrage, wäre er nicht schon vor mir zu Tode gekommen. Der rüstige Herr Romstorfer rief, wenn, dann nur bei den männlichen Bewohnern Sympathie hervor, war er doch immer gut gelaunt. Stets hatte er eine Anzüglichkeit, die

Damen oder die Schwestern betreffend, parat oder eine Zote aus seinem ehemals, wie er behauptete, üppigen Sexualleben. Er berichtete von schier unerschöpflicher Manneskraft, nicht enden wollenden Begattungen. Er litt, diagnostizierte der Facharzt für Allgemeinmedizin und Psychologe Dr. Hruby, der alle zwei Monate einen Nachmittag lang den Bewohnern zur Verfügung steht, an »läppischer Witzelsucht«, medizinisch *Moria**.

Ich selbst habe Dr. Hruby einmal wegen eines in unregelmäßigen Abständen auftretenden Kopfschmerzes aufgesucht, der manchmal mit leichten Sehstörungen und dem Gefühl eines wachen »Weggetretenseins« einhergeht. Er erklärte es mit – altersbedingten – Verspannungen, die man gezielt wegatmen und mit einer aufrechten Haltung sogar hintanhalten könne. »Damit werden Sie hundert Jahre«, scherzte er wohlwollend und verabschiedete mich.

Wenn jemand von der Residenz Dr. Hruby konsultiert, so bemüht sich der- oder diejenige, ganz normal, soll heißen, mental gesund zu wirken.

Alle fürchten, von Hruby in eine geschlossene Anstalt überstellt zu werden, sollte dieser meinen, jemand sei psychisch nicht gesund und stelle eine Gefahr für sich selbst oder gar für andere dar.

Diese Angst war aufgekommen, als Herr Schleicher, ein pensionierter Notar, wegen dissoziativer Störungen auf den *Steinhof* verbracht werden sollte. Er hatte die

---

* Die Witzelsucht ist in den meisten Fällen eine eher leichte psychische Störung, die sich durch überzogene Heiterkeit, Geschwätzigkeit (Logorrhoe) oder auch leichte Bewusstseinstrübung äußert. Als mögliche Auslöser der Witzelsucht werden eine leichte Manie (Hypomanie) oder ein Stirn- oder Stammhirnsyndrom vermutet.

Angewohnheit, wiederholt mit spitzem Finger auf mich zu zeigen oder mir mit seiner knochigen, von Altersflecken übersäten Faust zu drohen. Anfangs war es mir peinlich und dann unheimlich. Später machte es mich aggressiv, ja, ich träumte, so glaube ich, dass ich ihn, während er mir wieder eine Grimasse schnitt, zu würgen begann, was keine Wirkung zeigte, sondern nur dazu führte, dass seine Grimasse zur dämonischen Fratze wurde. Auch seine gelegentlichen Krampfanfälle wurden von Dr. Hruby zuerst als leichte Epilepsie diagnostiziert. Erst später erkannte er, Psychologe, der er war, dass es sich um eine Geisteskrankheit handelt. Als zwei Herren von der Irrenanstalt in sein Zimmer traten, um ihn abzuholen, fanden sie ihn auf dem heruntergeklappten Klodeckel mit heraushängender Zunge tot dasitzen; um seinen Hals schlang sich seine straff angezogene Nylon-Wäscheleine, die mit dem anderen Ende fest mit einer Lamelle der Öffnung des Lüftungsschachtes verknotet war.

Sein Tod wurde allgemein als Selbstmord eines Irrsinnigen erklärt, allein Kommissar Laschober äußerte Zweifel und verhörte uns, bereits ein wenig verzweifelt, nur um nichts herauszufinden.

»Er hat Ihnen mit der Faust gedroht?«, fragte er mich.

»Ja, und mit Fingern auf mich gezeigt!«, sagte ich der Vollständigkeit halber.

»Und erinnern Sie sich, dass er etwas gesagt hat? Vielleicht auch nur ganz leise?«

»Nein, er hat nie etwas gesagt. Er hat, glaube ich, überhaupt nie mit mir gesprochen.«

Auch die übrigen Bewohner hatten ihn nie etwas sagen hören, wenn er auf mich zeigte, und gaben ebenfalls an, sich an kein Gespräch mit ihm erinnern zu können.

Nur Frau Rothe, die ein wenig neurotisch ist, sagte aus, Schleicher habe ihr gegenüber einmal geäußert, in diesem Heim wohne der »Gevatter«.

Kommissar Laschober konnte sich darauf naturgemäß keinen Reim machen, und so wurden die Ermittlungen eingestellt. Laschober blieb, so glaube ich, weiterhin argwöhnisch, räsonierte er doch, es sei mehr als merkwürdig, dass auf dieser Wäscheleine keinerlei Spuren festzustellen waren, wo auf den Wäscheleinen der anderen Bewohner durchwegs rudimentäre Fingerabdrücke der Benutzer gefunden wurden.

Meinen eigenen Tod betreffend schließe ich die Schwestern und die Betreuer als Täter aus, denn ich kann mir keinen Grund vorstellen, warum sie mich hätten erschlagen sollen. Warum einen zahlenden und, wie ich meine, unkomplizierten Gast umbringen, auch wenn er nur ein gewöhnliches Standardzimmer bewohnte?

Religiösen Menschen muss ich eine Illusion rauben. Wenn man gestorben ist, geht man – zumindest in meinem Fall – nicht in ein »gleißendes Licht«, es wartet auch keine Lichtgestalt, etwa einer seiner vorverstorbenen Lieben, um einen in »den Himmel« zu führen, und weder Jachve, Jesus, Maria, Allah oder Zeus etc. heißen einen in der »ewigen Seligkeit« willkommen. Auch kein Teufel öffnet das Tor zur Hölle.

Die Direktion des *Juventus*, die »Lagerleitung«, wie Hermine immer sagte, besteht aus Herrn Brotträger, der sich, soweit ich mich erinnere, tatsächlich »Herr Direktor« nennen lässt und der für alles Finanzielle und Administrative verantwortlich ist. Außerdem Frau Zwachula, die für die Einhaltung der Hausordnung und die alltäglichen Abläufe im *Juventus* zuständig ist.

Von den Bewohnerinnen kommen theoretisch auch einige als Mörderin infrage. Die erstaunlich hagere und große Frau Rothe zum Beispiel, die immer davon spricht, selbst wenn niemand ihr zuhört, dass sie Mannequin und auf den Laufstegen dieser Welt, von Mailand über Paris bis Istanbul, zu Hause gewesen ist. Frau Rothe tauscht gern mit Herrn Zapletal die Hauptspeise gegen den Salat, vor allem, wenn es sich um fettes Fleisch handelt.

Herr Zapletal willigt stets mit seinem grobschlächtigen Fleischhauer-Lachen in den Tausch ein. Er hat einmal zu Frau Rothe gesagt: »Zum Röntgen brauchen Sie nicht gehen, was? Wenn Sie sich nackert vor eine 60-Watt-Birne stellen, sieht man auch so alles.«

Frau Rothe soll geantwortet haben: »Dass Sie sich nicht schämen, derartig aufgedunsen zu sein. Sie werden sich noch mit Messer und Gabel umbringen.«

Ich schließe Frau Rothe, trotz ihrer Magerkeit, als Täterin nicht aus, ist sie doch, nicht zuletzt durch die regelmäßige Teilnahme an den Gymnastikstunden im *Juventus*, drahtig und hätte ein Motiv gehabt.

Herr Zapletal macht ihr den Hof, obwohl sie ihn offenbar angeekelt ablehnt; nachdem seine Frau gestorben ist, umso ungenierter.

Aber auch Herr Romstorfer schweifwedelte aufdringlich um sie herum, was auf der einen Seite einer Freundschaft zwischen den beiden Herren abträglich war. Auf der anderen Seite hinderte es jedoch beide nicht daran, »erotische« Spekulationen, die Rothe betreffend, auszutauschen.

Ich selbst habe den Eindruck, dass Frau Rothe mir – zumindest dann und wann – schöne Augen gemacht hat. Obwohl sie »ein dürres Kluppensackl« sei, wie Herr

Zapletal sagt, eine »alte Lederhaut«, wie es Herr Romstorfer ausdrückte, ist Frau Rothe schon allein dadurch attraktiv, dass sie so schlank ist. Stets sorgfältig überschminkt, mit ihren gezierten Posen und ihrem gestelzten Gang, lächelt sie und sagt gern und oft: »Ich krieg den Laufsteg nicht aus den Beinen.«

So betrachtet hat sie den anderen Seniorinnen doch einiges voraus.

Wenn besprochen wird, wer mit wem rausgeht, hat sie mir immer wieder vorgeschlagen, sie zu begleiten, mit ihr »an die Luft« zu gehen, was mir zwar geschmeichelt hat, aber ich keine Lust hatte, ihr näherzutreten oder gar sie auszuborgen. Von wem auch, sie gehört ja niemandem.

Hermine auszuborgen schien mir hingegen wiederum in zweierlei Hinsicht verlockend, empfand ich doch einerseits eine – bis dato unbekannte – Gefühlserregung für sie, und andererseits wäre es mir eine Genugtuung gewesen, Ettenauer zu demütigen.

Die daraus sich ergebende Gleichgültigkeit Frau Rothe gegenüber hätte für diese ein Motiv sein können. Das klingt vielleicht ein wenig weit hergeholt, aber bedenkt man, dass sie – als Mannequin – bei Männern immer leichtes Spiel gehabt hatte und jetzt gewissermaßen trotz vordergründigen Buhlens von mir ignoriert wurde, wäre das Anlass genug gewesen, mich dafür zu bestrafen. Vielleicht nicht gleich mit dem Tode, aber ihr grundsätzlich unsteter und, speziell wenn sie mich ansah, flackernder Blick lässt mich befürchten, dass sie mich aufgrund seelischer Kränkung und günstiger Gelegenheit sehr wohl erschlagen haben könnte.

Im Zuge eines Ausgangs vor … wann genau, erinnere ich nicht, bin ich einem jungen Mann begegnet.

Jedenfalls saß ich in einem nach kurzem Spaziergang zu erreichenden Restaurant, um der stets gleich schmeckenden Schonkost in der Residenz zu entgehen. Da fiel mir dieser junge Mann auf. Er saß ein paar Tische weiter, schaute immer wieder zu mir herüber, kam nach einiger Zeit an meinen Tisch und fragte, ob ich »der Rainer« sei und mich vielleicht noch an ihn erinnere.

»Nein«, sagte ich, »nicht, dass ich wüsste«, und »ja, ich heiße Rainer, Rainer Caofal«, und warum und vor allem, woher er das wisse.

»Ich bin der Xaver, der Sohn von Waltraud und Jonas. Sie waren vor circa zwanzig, dreißig Jahren einmal bei uns in Guntramsdorf auf Besuch.«

Ich erinnerte mich diffus und äußerte Verwunderung, dass er mich nach so vielen Jahren wiedererkannte.

»Sie haben sich nicht wesentlich verändert«, sagt er, »und ich kann mich erinnern, dass Sie mir als Bub so imponiert haben, weil Sie damals einen Whisky getrunken haben in dem Lokal, wo wir auf meinen Vater gewartet haben …«

»Jaja, ich weiß noch«, log ich, weil ich mich nicht mehr erinnern konnte. »Wie geht es deinen Eltern?«

Waltraud, erzählte er, sei in Basel mit einem jüngeren Mann, der früher Kellner gewesen war.

»Elias«, fiel mir ein, »vielleicht ein gewisser Elias?«

»Möglich, ja.«

»Und dein Vater?«

»Jonas? Mein Vater ist tot.«

»Das tut mir leid«, sagte ich mechanisch.

»Ja, er wurde überfahren, von der U-Bahn. Es konnte nicht geklärt werden, ob er sich aus freien Stücken vor den Zug geworfen oder ob ihn jemand gestoßen hat.«

»Und Waltr… deine Mutter? Was macht sie in Basel?«

»Ich habe keinerlei Kontakt mit meiner Mutter. Seit ich verweigert habe, weiter in die Waldorf-Schule zu gehen, ist Funkstille. Ich vermute, sie macht irgendetwas Verrücktes bei den Anthroposophen.«

»Ach ja, sie war ja ganz begeistert von … dieser Sache.«

Xaver beugte sich zu mir: »Manchmal denke ich mir, sie hat meinen Vater vor die U-Bahn gestoßen.«

»Deine Mutter? Warum sollte sie denn so etwas tun, um Himmels willen?«

»Mein Vater hat eine Freundin gehabt. Das hat sie ihm immer vorgeworfen.«

»War deine Mutter denn mit? Ich meine, war sie dabei, als Jonas … verunglückt ist?«

»Das hat die Polizei auch gefragt.«

»Und?«

»Nein, sie war zu Hause. Sagt sie.«

»Und du?«

»Wie?«

»Du warst sicher auch zu Hause und konntest es bezeugen?«

»Nein, ich war in der Schule, Nachmittagsunterricht. Eurythmie.«

»…?«

»Eurythmie. Tanze deinen Namen und so. Pflichtfach!«

»Aha.«

»Meine Eltern haben oft von Ihnen geredet. Vor allem meine Mutter war nicht gut auf Sie zu sprechen.«

»Wieso das?«

Xaver zuckte mit den Achseln. »Und Sie? Was machen Sie, wenn ich fragen darf?«

»Ich wohne in der Seniorenresidenz, eine Viertelstunde von hier. Endgelagert, sozusagen.«

Wenn ich mich nach dieser Begegnung mit Xaver nun wieder gedanklich auf den Weg zurück ins *Juventus* mache, zieht die Erinnerung langsam einen weiteren Vorhang hoch.

Vera

Ich sitze im Außenbereich eines überwiegend von der Oberschicht besuchten Café-Restaurants in der Innenstadt, an einem angenehm warmen Tag Mitte April.

Was ich nicht weiß, ist, dass die Blicke, die mir die junge, hochattraktive und sorgfältig geschminkte Blondine zuwirft, begleitet von einem Augenaufschlag, keinen induzierten Flirt bedeuten.

Vielmehr ergeben sie sich aus dem schmallippig geführten Gespräch mit dem untersetzten Herrn an ihrem Tisch, der ebenfalls hie und da einen verstohlenen Blick auf mich wirft.

Ich erwidere die Blicke der jungen Frau, wenn ihr Tischnachbar nicht hersieht, und mache kein Hehl daraus, dass ich sie hochinteressant finde, in ihrer offenherzigen rosafarbenen Bluse, den schwarzen Leggings und den ebenfalls schwarzen »Klapperln«*, die ihre gepflegten kleinen Füße umschmeicheln.

Als der bullige Mann aufsteht und geht, sie aber sitzen bleibt und sich die Frequenz der von ihr geworfenen Blicke erhöht, lächle ich sie offen (wenn auch mit taktischer Schüchternheit) an.

Ich verbeuge mich im Sitzen und deute mit einer Geste an, dass die junge Dame doch zu mir an den Tisch kommen möge. Sie hebt ihr Glas Prosecco, prostet mir

---

* Fersenfreie, nicht allzu hohe Stöckelschuhe

zu, erhebt sich und geht geschmeidig, das Proseccoglas frivol am Stiel hin- und herdrehend, die paar Schritte zu meinem Tisch, streckt mir die Hand, mit den langen roten Fingernägeln und den zahlreichen Armbändern am Gelenk, entgegen und sagt mit einem gänzlich unakademischen Timbre:

»Vera«.

Ich erhebe mich andeutungsweise, ergreife ihre Hand, führe sie – ganz old school – zu meinem Mund, um einen nicht ganz ausgeführten Kuss hinzuhauchen. Dann sage ich bewusst heiser:

»Rainer. Ihr Glas ist beinahe leer«, blicke mich nach Personal um, winke einem der Kellner im weißen Sakko, deute auf Veras Glas und zeige vermittels meiner Finger die Zahl Zwei.

»Sie dürfen Ihnen nicht wundern, dass ich Sie vorher immer so angeschaut habe, aber Sie erinnern mich so an meinen Stiefvater ...«

»Ihren Stiefvater?«

»... ja, der ist vor ein paar Jahren gestorben ...«

»Ach was?«

»... ja, war ein ausgesprochen fescher Mann, wenn auch sicher ein paar Jahre älter als Sie.«

»Ich löse bei Ihnen hoffentlich keine ... Gefühle wie zu einem Vater aus, Vera?«

Der elegante Ober kommt mit den zwei Proseccos, wir stoßen an, wobei sie geräuschvoll mit ihren Armbändern klimpert.

»Und der Herr, der zuvor bei Ihnen gesessen ist?«

»Das war nur der Gotschi, ein alter Freund und gewissermaßen mein Manager.«

»Inwiefern Manager?«

Sie erzählt in der ihr eigenen Art, dass sie ganzheitliche Pedi- und Maniküre ausübe, allerdings privat, denn sie mache nur Hausbesuche bei ausgesuchten Kunden und Gotschi würde ihren vollen Terminkalender eben managen, denn, so sagt sie:

»Ich bin ein bissel eine Schlampe, hahaha, und ein klein wenig chaotisch, das hat der Papa auch immer gesagt.«

»Sie meinen, Sie sind ein bisschen schlampig, was das, äh, Administrative angeht?«

Wir frönen noch eine ganze Weile der unerträglichen Seichtigkeit des Seins, bis Vera aufsteht, über mein angegrautes Haar streicht und sagt:

»Du, ich muss mich jetzt schleichen, ich hab noch einen Abendtermin.«

Ich küsse ihr die Hand (dieses Mal richtig und innig):

»Sagen Sie, Vera, haben Sie eine Karte? Vielleicht melde ich mich einmal für einen fußpflegerischen Hausbesuch.«

»Ah, ja?« Sie macht ihre Handtasche auf (designt wie seinerzeit ein Kindergartenumhängetascherl, nur mit goldfarbener Schnalle und ebensolcher Kette), kramt ein wenig in ihr herum und gibt mir ihre Karte:

»Da, meine Visit… meine G'schäftskarte, rufen S' nur an, Rainer«, dreht sich um, wirft mir eine Kusshand zu und entfernt sich klappernd (daher »Klapperln«).

Ich schaue ihr versonnen nach, setze mich wieder und zünde mir eine Zigarette an.

»Also, die ist ja sehr fesch … und so jung … keine dreißig … ein Figürl* … aber …«

---

* Wienerisch für »gute Figur«

Aber dann der Moment der Vernunft, die intellektuelle Niederkunft, um einen österreichischen Popstar zu zitieren:

»Ob das in meinem Alter ... ich mein', die kost' doch was, vor allem wenn man außer der Pediküre noch das Ganzheitliche möchte.«

Gleich darauf drängt sich in mir meine Sparsamkeit vor: »Aber«, vermute ich, »dieser ... wie? ... dieser Gotschi, der managt sicher nicht nur das Kosmetische im Rahmen ihrer Hausbesuche.«

Nachts, in der mentalen Zwischenwelt von »nicht mehr wach, aber noch nicht eingeschlafen«, habe ich die Idee, wie ich diesen Gotschi hintergehen könnte und zu einem vollständigen Erfolg und perfektem Pläsier kommen würde.

Ich muss von mir aus für die Fußpflege zahlen – aber für ein weiterführendes Service nicht. Ich weiß zwar noch nicht, wie, erst einmal eine Pediküre bei mir zu Hause ... vielleicht eine zweite oder dritte, aber dann müsste es eigentlich klappen. Ich schlafe ein und träume nicht von Vera, sondern von Gotschi.

Ich rufe also bei Vera – ganzheitliche Hand- und Fußpflege – an, um einen Hausbesuch zu vereinbaren.

Als Vera mit einer riesigen Tasche, in der – wie sich anher herausstellt – ein Plastiklavoir für das Fußbad, eine Schale für das Einweichen der Hände, diverse Skalpelle, Schaber, Nagelzangen und teuer anmutende Cremes verstaut sind, meine Wohnung betritt, blickt sie sich kontrafasziniert um. Sie befiehlt mir, für die Behandlung das Mobiliar zweckmäßig umzustellen, heißt mich, das mitgebrachte Lavoir mit warmem Wasser halbvoll zu machen, platziert es geeignet und fordert mich auf, meine Füße zu entblößen und hineinzustellen.

»Wir fangen mit die Händ an und lassen deine Füß so lang weiken*.«

Vera arbeitet ambitioniert und bemüht, dabei wertlosen Small Talk absondernd. Ich genieße ihr sanftes, weiches Vorgehen, besonders als sie mir eine Ringelblumencreme einmassiert und mir dabei – ganz Fachkraft – die pflegenden Eigenschaften dieses »hochwertigen« – wie sie sagt – »reinen Naturprodukts« auseinandersetzt.

Kaum liegt mein linker Fuß mit bis zum Knie hochgeschobenem Hosenbein in ihrem Schoß, beginnt sie mit einem ihrer Skalpelle an meiner Fußsohle zu schaben, was mich veranlasst, meinen Fuß reflexartig zurückzuziehen.

»Da schau her«, bemerkt sie, »kitzlig, haha …«

Beim Schneiden der Nägel drückt sie auf die rechte große Zehe und fragt:

»Tut das weh?«

»Ein bissel.«

Darauf Vera in kompetentem Ton:

»Dürft ein eingwachsener Zechnnagel sein.«

Ich bin in der Sekunde indigniert. Die Verprimitivisierung der Vokabel »Zehe« in das nach dégoutantem Fußgeruch klingende »Zechn« stößt mich ab.

Bei der abschließenden Fußmassage allerdings, die Vera – vermutlich nicht professionell, jedoch mit sanfter Gewalt, dennoch aber mit Zärtlichkeit – durchführt, falle ich immer wieder für Augenblicke in eine Art selige Trance, was sie mit einem frivolen Lächeln erwidert.

Als sie ihre Tasche wieder einzuräumen beginnt, fällt ein Kondom aus einer Seitentasche.

---

* Wienerisch für »(Ein)weichen«

Fünf Euro Trinkgeld, in Summe also 95 Euro, habe ich an Vera zu zahlen, die sich nicht gerade begeistert bedankt und eher zögerlich und auch nur grundsätzlich zustimmt, als ich sie frage, ob ich sie an einem der nächsten Abende zum Essen einladen dürfe.

Ich weiß, dass man als Mann ab einem gewissen Alter nicht mehr nur mit Charme und perfider Taktik eine Frau für sich gewinnen kann, und die Kosten, mit denen ich in diesem Falle rechnen muss, erschrecken mich zunächst. Denn mit nur einmal Essen gehen lässt sich mein Ziel sicher nicht erreichen. Ich schätze, dass ich wenigstens fünf zusätzliche Hausbesuche werde buchen müssen, um mir das ganzheitliche Service Veras – kostenfrei – gönnen zu können. Dazu werden wahrscheinlich noch etliche Rendezvous notwendig sein, um ihr menschlich näherzukommen und sie zu motivieren, diesem Gotschi nichts zu sagen. »Aber eine so viel jüngere Frau reiß ich mir kostenfrei nicht mehr auf. Da muss ich schon gröber in den Sack fahren*.«

Die Vorstellung, wie ich mit Vera irgendwo sitze oder mit ihr durch die Stadt gehe und Männer sie begehrlich anschauen und mich voll Missgunst anknurren: »Die ist ein teurer Spaß, die g'hört dir nicht allein«, erfüllt mich mit Stolz und Genugtuung.

Die Frauen denken vermutlich vorwiegend:

»Die könnt seine Tochter sein, die Flitschn**.«

Meine (Vor-)Freude ist nur insoweit getrübt, als ich fürchte, bei einem meiner Tête-à-Têtes diesem Gotschi zu begegnen. Denn dass der mich beiseitenimmt und

---

* Wiener Slang: »In die Tasche greifen«
** Wienerisch für »leichtes Mädchen«

mir erklärt, eine vertiefende Bekanntschaft mit Vera sei nicht umsonst zu haben, liegt auf der Hand, und was sollte ich dann antworten?

»Ich zahl nichts. Ich habe noch nie dafür gezahlt.«?

Gotschi möge sich das aus dem Kopf schlagen, denn eine Anzeige wegen Zuhälterei sei schnell gemacht?

Abgesehen davon traue ich diesem Gotschi ohne Weiteres zu, handgreiflich zu werden. Und obwohl ich bei »Kandidatinnen« mit zu Eifersucht und Gewalt neigenden Partnern sonst bereits im Vorfeld jede Aktivität beende oder erst gar nicht beginne, ist es für mich in diesem Fall die hohe Attraktivität des Hauptpreises, die mich zum ersten Mal meine Prinzipien über Bord werfen lässt.

Ich treffe Vera zwei Wochen später (zufällig?) wiederum im Außenbereich des bewussten Innenstadtcafés. Abermals sitzt sie mit diesem Gotschi an einem Tisch. Gotschi sieht mich als Erster, stößt Vera unauffällig an und deutet mit den Augen in meine Richtung. Sofort legt sich ein sonniges Lächeln auf Veras sorgfältiges Make-up, sie hebt ihr Glas mit dem Prosecco und ruft fröhlich:

»Rainer, was macht dein eingewachsener Zechnnagel?«

Obwohl in leichter Schockstarre, verbeuge ich mich unter den spöttischen bis angewiderten Blicken der Gäste und nicke auch diesem Gotschi beiläufig zu.

»Komm, setz dich her«, flötet Vera, »der Gotschi muss eh gehen, gell?«

Dieser nickt, steht auf, küsst Vera auf die Wange, nickt mir ein »Ser's« murmelnd zu und geht.

Immer noch peinlich berührt, wird mir klar, dass ich auch die Konsumation von diesem Gotschi werde übernehmen müssen.

Der zweite fußpflegerische Hausbesuch, etwa vierzehn Tage später, läuft persönlicher ab als der erste. Vera zeigt sich geschwätzig und voll unprätentiöser Erotik. Ich wage mehr als bisher und gebe mich jugendlich und möglichst unverkrampft.

»Sag, ist dieser Gotschi, mit dem ich dich immer erwisch, ist der dein Freund, oder?«, frage ich, während Vera meine linke Hand mit Ringelblumensalbe pflegt.

»Der Gotschi, mein Gott, der ist mein ...«

»Manager, ich weiß. Schläfst du mit ihm?«

»Nein.«

»Du lügst. Ich seh's dir an.«

»Na ja, jetzt nicht mehr, höchstens hie und da vielleicht, aus Hetz ...«

»Aus Hetz?«

»Ja, weißt eh, wenn er in den Abrechnungen herumstochert und blöde Fragen stellt oder so. Weil der Gotschi ist kein Held im Bett.«

»Aha, und wenn du mit mir, äh ... würde er sich dann kränken?«

»Kränken? Der Gotschi? Geh, der hätt höchstens einen Zorn, weil er um seine Provision umfallt ...«

»Provision? Was meinst du mit Provision?«

»Ich sag nur ›ganzheitlich‹, verstehst?«

»Was?«

»Na ja, mein ... äh ... Service geht über die reine Mani- und Pediküre hinaus, aber das kost' halt zusätzlich ... und wenn das wer bestellt, dann kriegt der Gotschi halt seine Prozente ... und wenn ich das mach und ihm nichts davon sag, dann wird er halt stinkert*. Außerdem hat

---

* Wienerisch für »ungehalten«, »wütend«

er's mit dem Herzen, einmal hat er schon einen leichten Herz-Zickzack* gehabt.«

»Du hast mit deinen Kunden ... Sex?«

»Ja, aber wenn, dann nur mit den männlichen.«

»Wieso? Hast du weibliche Kunden auch?«

»Nein.«

»Und wenn ich ›das‹ bestellen würde, mit wie viel muss ich dann rechnen?«

Sie zögert mit der Antwort deswegen, weil sie gerade an meinem eingewachsenen Nagel herumdoktert oder weil es ihr ein wenig unangenehm ist.

»Das kommt ganz aufs gewünschte Service drauf an.«

Ich finde es abstoßend, wenn Menschen die sprachliche Schandtat begehen und zum Beispiel »Kommt ganz aufs Wetter drauf an« sagen, anstatt sich korrekterweise mit »Kommt ganz aufs Wetter an« zu begnügen.

»Du meinst, es kommt auf den Lieferumfang an?«

»Was? Auf was ... ah so, ja, genau.«

»Also, meine Liebe«, sage ich etwas großspurig, »ich würde sehr gern das Ganzkörperservice haben, aber nicht für Geld.«

»Für was denn?«, Vera ist erstaunt.

»Aus Zuneigung, weil du es selber auch gern möchtest ...«

»Komm, entspann dich ... Fußmassage.«

Ich lehne mich zurück, fühle eine diffuse Eifersucht auf diesen Gotschi, und der Wunsch nach einem kostenfreien Full-Service seitens Veras steigert sich zur fixen Idee.

---

* Wienerisch für »Herzinfarkt«

Nach einem weiteren fußpflegerischen Hausbesuch und – ich kann mich nicht genau erinnern – zwei oder drei Rendezvous taucht dieser Gotschi auf, um sich sehr unangenehm zu benehmen, indem er implizit Besitzansprüche Vera betreffend anmeldet.

Ich kann durch deeskalierende Maßnahmen einen Eklat verhindern.

»Gestern hat er gsagt: ›Du triffst dich ganz schön oft mit diesem alten Knacker‹«, sagt Vera, als Gotschi, sichtlich seine Gewaltbereitschaft zügelnd, grußlos das Weite sucht.

»So viel jünger ist dein Gotschi aber auch nicht.«

»Mach dir keinen Kopf«, sagt sie, beugt sich ein wenig zu mir und sagt: »Der Gotschi ist ja eh ganz lieb, aber ein bissel ein Orschloch ist er halt.«

Das Lokal, in dem ich mit Vera sitze, ist eines der besseren. So eines, wo man gar nicht überlegt, ob man reservieren sollte, sondern automatisch reserviert. Ein Restaurant, wo man sich, wenn man ein Gericht, das auf der aufwendig gestalteten Speisekarte steht, nicht aussprechen kann, für »Tafelspitz mit seinen Beilagen« entscheidet.

Ich widme mich der reichhaltigen Speisekarte. Als mein Blick auf die Preise fällt, durchzuckt es mich, aber dann schaue ich Vera an und bin überzeugt, sie ist diese außergewöhnlichen Belastungen wert.

Und: Die Gäste an den Tischen machen alle »foine« Gesichter, tupfen sich nach jedem zweiten Bissen dezent mit der Stoffserviette die Mundwinkel ab, halten das Weinglas mit spitzen Fingern und sich die Hand vor, wenn es sie aufstößt.

Vera, ganz im Bann der gepflegten Atmosphäre, spreizt den kleinen Finger weg, wenn sie das Weinglas hält, nimmt alle Augenblicke einen kleinen Spiegel aus ihrer Handtasche, zupft an ihren Haaren herum, verbessert ihr Augen-Make-up oder zieht vermittels eines fragilen Pinselchens ihre Lippen nach. Die Damen tun so, als wäre Vera gar nicht da. Und die verstohlenen Männerblicke bemühen sich vergeblich, beiläufig zu sein.

Denn Vera sieht sensationell aus. Sie trägt ein hautenges, schillernd rotes, körpernahes Pailletten-Minikleid, das vorne zwar hochgeschlossen, hinten aber tief ausgeschnitten ist, schwarze Strümpfe und schwarze Schuhe mit messingfarbenen Bleistiftabsätzen. Ihr auf wild gestyltes blondes Haar umwuchert sie, ihre Lippen, die ein leicht vulgärer Zug umspielt, sind ebenso rot wie ihr Kleid, und ihre blauen Augen, umstrahlt von Make-up, geben ihr das Aussehen eines Erotikmodels. Und das alles um ein Uhr mittags. Sie sieht – gelinde gesagt – anrüchig aus, und ich spüre die geheimsten Gedanken der Männer und dass deren Frauen um diese wissen.

Vera ist beeindruckt vom zahlreichen Besteck, von der glatten verbindlichen Art der Kellner, vom Getue des Sommeliers und davon, dass auf der Speisekarte »Ausgelöste Kalbsschulter im eigenen Saft geschmort an einem Dialog von feinem Rieslingjus und Linsenmus« steht. Sie isst mit Appetit und sagt immer wieder: »Pfo, is des gut.« Sie nippt auch nicht bloß am Wein, sondern trinkt in großen Schlucken, und wenn sie was sagen will, was aber nicht geht, weil sie mit vollen Backen kaut, so spült sie mit Wein nach. Auf einmal fragt sie:

»Sag, wie hast du's denn gerne?«

»Was?«, frage ich bewusst rhetorisch.

»Weißt eh«, sagt sie, »das Ganzheitliche.«

Ich versuche das gewandte Lächeln des Weltmannes:

»Ich habe keine ausgefallenen Wünsche, wenn du das meinst. Ich habe auch nichts gegen einen vorgetäuschten Orgasmus, wenn's gut gemacht ist.«

Vera schluckt, obwohl sie an nichts gekaut hat:
»Hauen oder ... so Sachen ... lass ich mich nicht.«
»Um Gottes willen, schau ich so aus, als wär das das Meinige?«
»Ich sag's nur.«

Ich hätte auf die Frage, wie ich es gerne hätte, am liebsten »gratis« gesagt, will das Thema aber nicht ansprechen und beschließe, ein Nichtanfallen von Gebühren von jetzt an einfach vorauszusetzen. »Sollte sie«, denke ich, »danach doch Geld verlangen, werde ich mich einfach weigern zu bezahlen. Auch wenn es dann eventuell zu Unannehmlichkeiten mit diesem Gotschi kommen sollte.«

Vera weist erste Anzeichen eines leichten Schwipserls auf, was sich durch unverhältnismäßig lautes Lachen und erhöhte Anschmiegsamkeit äußert. Die Blicke der Gäste, die noch im Restaurant sitzen, bekommen etwas Empörtes, was sich bei dem einen oder der anderen durch indigniertes Heben der Augenbrauen zeigt.

Der geschult geschmeidige Ober tritt an den Tisch und verkündet, begleitet von servilem Händereiben, dass gegen 15 Uhr die Küche schließe, aber ohne Weiteres noch Kaffee, Dessert, Digestif bestellt und in Ruhe genossen werden könnten, um spätestens 16 Uhr das Restaurant aber dichtmache und man um Verständnis ersuche.

Ich sage, nicht nur um weitere Kosten für Kaffee, Dessert, Digestif zu vermeiden: »Wir können den Kaffee auch bei mir nehmen, ich habe einen erstklassigen Eierlikör ...«

Vera gähnt leicht, als sie sagt: »Okay, ich bin eh ein bissel bettschwer.«

Die Vokabel bettschwer ist es, die mich die Rechnung verlangen lässt. Vera indes verlässt den Tisch mit den Worten: »Ich muss noch schnell auf die Pipi-Box.«

Ich erschrecke über die Höhe der Rechnung, aber das legt sich sofort, als Vera frisch geschminkt und zurechtgemacht von der »Pipi-Box« zurückkommt.

Das Wissen, in die Zielgerade einzulaufen, das Ziel, wenn auch noch nicht in Sicht, so doch deutlich vor Augen, stimmt den Frauenausborger euphorisch. Das motiviert ihn einerseits, andererseits neigt er in diesem Gemütszustand zu lässiger Unbekümmertheit. Eine Unbekümmertheit, die ihn die gebotene Zurückhaltung manchmal außer Acht lassen lässt. Aber die mit den Jahren erworbene Routine bewahrt ihn davor, tollkühn zu werden, und wiewohl es ein scharfer Ritt ist, bleibt er fest im Sattel.

Wir sind mittlerweile die einzigen Gäste, was den Ober nicht daran hindert, Vera mit offenem Mund anzuglotzen; sie bemerkt das natürlich und sagt, vom Wein beflügelt:

»Willst ein Foto, Oida?«

Der Ober errötet, wirft mir einen Blick hin, der zu gleichen Teilen Bewunderung und Missgunst enthält. Vera setzt sich nicht mehr, sondern sagt aufgeräumt:

»No komm, gehn wir ... bin g'spannt auf deinen Eierlikör.«

Sie trinkt im Stehen mit hastigem Schluck ihr Weinglas aus und stöckelt, eine Böe süßen Parfums hinter sich lassend, ins Freie; in einem wuchtigen SUV, der vis-à-vis parkt, meine ich diesen Gotschi zu erkennen.

Ich kann mich aber nicht vergewissern, denn Vera zappelt, irgendwelche Kindereien zwitschernd, neben mir her. Ich halte ihr galant die Beifahrertür meines Autos auf und antworte nicht, als sie beim Einsteigen sagt:

»Sportwagen ist das keiner.«

Ich muss mich in der Folge zwingen, die Augen auf der Straße und beide Hände am Volant zu lassen, denn Vera ist das Paillettenkleidchen beinahe über ihren Popo hochgerutscht. Unter »normalen Umständen« hätte ich das als Aufforderung empfunden, und die Versagensangst wäre wie gewöhnlich in mir hochgekrochen.

An diesem Tag fühle ich mich aber sicher. Ich habe ein Medikament mit 50 Milligramm des Wirkstoffes *Sildenafil* dabei und werde es, circa 30 Minuten bevor es zum Äußersten kommt, einnehmen. Ich fühle mich jetzt schon wie eine Waffe, die demnächst mit scharfer Munition geladen wird. Vielleicht ist es dieser psychologische Effekt, der zum Welterfolg dieser Arznei wesentlich beigetragen hat.

Vor ein paar Jahren hat mir ein Bekannter eine 50-mg-Tablette geschenkt. Ausprobiert habe ich es, nachdem ich einmal den Satz vernommen habe: »Damit kannst du auch mit einer Frau schlafen, die dir nicht besonders gefällt.«

Trotz des Gefühls, einen hochroten Kopf zu haben, gebe ich zu, dass der aufgeschnappte Satz seine Richtigkeit hat. Seitdem habe ich eine Standardpackung (vier Tabletten à 100 mg, also insgesamt acht Begattungen) lagernd.

Ich will mir keine Blöße geben und vielleicht bloß durchschnittlich abliefern. »Alt, aber geil«, soll sie sagen, und deswegen habe ich den blauen Booster.

Ich frage, ob Vera vielleicht auch einmal abends zu mir kommen könne.

»Auf d' Nacht geht's nie ... das sag ich dir gleich, wenn, dann nur untertags.«

»Und warum?«

»Darum.«

»Ist es wegen dem Gotschi?«

»Wer viel fragt, geht viel irr«, antwortet sie.

»Wie spät ist es denn jetzt?«

»Knapp nach vier.«

»Na dann ...«

Vera gähnt, als sie in meinem Wohn-Schlafzimmer steht, und drapiert sich aufs Bett.

»Ich mach uns einen Kaffee«, sage ich mit leiser Panik, denn ich muss ja noch die Tablette nehmen. »Mindestens 30 Minuten vor dem Geschlechtsverkehr«, steht am Beipackzettel. Ich begebe mich hastig ins Badezimmer, um eine halbe zu schlucken, uriniere geräuschvoll und spüle den Mund mit scharfem *mouthwash*.

Danach komme ich ins Zimmer, sehe, dass Veras »Bettschwere« nicht gelogen war, denn sie liegt lasziv da, droht aber einzuschlafen. Ich hebe sie auf und trage sie zur Couch, übergieße sie mit einem Wortschwall, stelle die unterschiedlichsten Fragen, nur damit sie antworten muss und mir nicht einschläft. Ich serviere Eierlikör, schaue alle paar Minuten auf die Uhr, habe den Eindruck, die Zeit stehe still, dränge Vera wortreich noch zwei Espressi auf, damit sie wach bleibt.

Ich sitze neben ihr, fasse sie entschlossen um die Schultern, küsse sie zart auf den Hals und warte, bis dieser leise tiefe Ton in meinem Kopf zu schwingen beginnt, der Druck hinter den Augen sich leicht steigert,

was mir untrüglich signalisiert, dass *es* zu wirken beginnt und ich zum Angriff übergehen kann. Als es endlich so weit ist, wehrt Vera mich, zaghaft, aber doch, ab:
»Nicht so gach*...«

Ich nehme mich ein wenig zurück, spüre aber deutlich den vermehrten Blutfluss im Abdominalsegment und beginne, Vera das Paillettenkleidchen über den Kopf zu ziehen. Ich sehe sie erstmalig nur in Transparent-BH und Höschen, und es entfährt mir ein tief empfundenes: »Pfo ...«

Das Mittel verleiht auch ein ungewöhnliches Durchhaltevermögen, sodass diese Paarung so lange andauert, bis Vera lautstark kommt und ich grunzend über ihr zusammensinke.

Schweigen.

Nur beiderseitiges heftiges Atmen, dann sagt sie – und es klingt ein wenig erstaunt: »Danke.«

»Wofür?«, frage ich und versuche, möglichst geschmeidig von ihr herunterzugleiten.

»Ich muss dir was sagen«, flüstert Vera, »mir ist es noch nie so richtig gekommen ...«

»Wie?«

»Bis jetzt!«, sagt sie, schmiegt sich an mich und sagt: »Dein Kopf ist ganz heiß ... hast du was genommen?«

»Wieso, was soll ich denn genommen haben?«

Vera legt ihren Zeigefinger auf meine Lippen und lächelt rollig.

Ich danke insgeheim der Pharmaforschung.

Ich nehme mir eine Zigarette, öffne das Fenster und erstarre. Unten steht Gotschi an seinen Porsche Cayenne

---

* Wienerisch für »jäh«, »eilig«, »hastig«

gelehnt und schaut. Im Moment glücklicherweise nicht in meine Richtung.

»Komm her, schau dir das an.«

Ich halte sie zurück, als sie sich nackt, wie sie ist, aus dem Fenster lehnen möchte.

»Pass auf! Lass dich nicht sehen!«

»Der Gotschi«, sagt sie, wenn auch nicht ängstlich, so doch überrascht, »der muss uns nachgefahren sein.«

»Was machen wir jetzt? Der weiß jetzt, wo ich wohne.«

»Sei keine Memme«, sagt Vera, »mach das Fenster zu, komm wieder ins Bett und rauchen wir eine. Dann schaun wir weiter.«

»Was nach einer Zigarette anders sein soll, möcht ich wissen«, denke ich und gehe zurück ins lustwarme Bett.

Als ich dann nochmals zum Fenster gehe und auf die Straße schaue, ist der Porsche Cayenne samt Gotschi weg.

»Alles paletti«, sagt Vera, steht auf, zieht sich geschmeidig ihren Tanga an und schlängelt sich in ihr Paillettenkleid.

Am folgenden Tag gehe ich in ein Waffengeschäft, um mir einen Pfefferspray zu kaufen. Das Warten Gotschis gestern vor dem Haus beunruhigt mich nachhaltig, und obwohl er einen halben Kopf kleiner ist als ich, so sieht man ihm doch wilde Entschlossenheit und Kampferfahrung an. Der Verkäufer im Waffengeschäft gibt mir eine umfassende Einführung in die effiziente Handhabung eines solchen Sprays, dass darauf zu achten sei, nicht gegen den Wind zu arbeiten, da man sich so nur selbst schade, und auch nicht einfach geradeaus, sondern in kleinen x-förmigen Bewegungen das Gesicht des Gegners zu besprühen, um dann schleunigst das Weite zu suchen. Augenzwinkernd fügt der Verkäufer hinzu:

»Wenn Sie in eine brenzlige Situation kommen und das Spray rausnehmen, dann müssen Sie es auch ohne Zögern einsetzen. Nur drohen ist kontraproduktiv ... und unter uns, es ist Charaktersache, ob Sie weglaufen oder dem Gegner, dessen Sicht dann ja erheblich beeinträchtigt ist, noch ein paar hineinhauen.«

Diese ambivalente Situation – auf der einen Seite die erregende junge Frau, auf der anderen dieser nicht ungefährliche Gotschi, den ich noch dazu um seine Provision prelle – erhöhen meine subjektive Befriedigung und meinen persönlichen Triumph, bin ich doch sowohl für Vera als auch gegen Gotschi jeweils mit der geeigneten Waffe ausgerüstet.

Nur ein paar Tage später bestelle ich sie wieder für eine (kostenpflichtige) Fußmassage, um danach eine weitere lebhafte – pharmazeutisch unterstützte – Episode mit ihr zu haben.

Vera verlässt, durchaus zufrieden, trotzdem ein wenig hastig, wie mir scheint, die Wohnung, und ich setze mich auf mein Sofa, um eine Zigarette zu rauchen.

Da läutet es an der Tür, gefolgt von einem energischen Klopfen.

Vor der Tür steht Gotschi. »Lass mich rein ...«

Ich greife in den Hosensack (Gott sei Dank ist es nicht meine Art, in Unterwäsche herumzusitzen) und spüre beruhigt den Pfefferspray, dann trete ich höflich zur Seite, anstatt ihm den Zutritt zu verweigern. Gotschi steht in der Wohnung und nimmt sichtlich die Witterung von Veras schwülem Parfüm auf, macht aber keinerlei Bemerkung diesbezüglich.

»Äh, Rainer«, sagt er mit befremdend anmutender Sachlichkeit, »was hast du mit der Vera gemacht?«

»Wie ... was gemacht?«

»Bester, ich bin nicht blöd. Du buderst sie doch. Das hat sie mir ins Gesicht gesagt.«

Ich sage, die Hand fest um das Pfefferspray geballt: »Wohin hätte sie es dir denn sonst sagen sollen?«

»Nicht lustig sein, bitte.«

Der vierschrötige Mann schaut sich um und knurrt:

»Sie hat mir gesagt, dass es ihr bei dir zum ersten Mal ... gekommen ist und bei mir noch nie. Wie machst du das? Ich mein, hast du ein paar Tricks auf Lager?«

Ich bin von diesem verbalen Frontalangriff überwältigt:

»Wie? Was denn für Tricks?«

»Ja, was weiß ich ... wie kannst du es so lang zurückhalten? Ich bin ein Gschwinder, verstehst, denkst du an was Spezielles? An was Grausliches, oder was?«

Mich rührt dieser Gotschi mit einem Mal, der wie ein stämmiger Minderwertigkeitskomplex dasteht.

»*Ars amandi*«, sage ich beiläufig und zucke mit den Schultern.

»Was? Nimmst du vorher was?«

»Nein«, lüge ich.

»Mit dem Pulver hab ich's schon probiert, aber ich vertrag's nicht, ich krieg einen Schädel wie ein Ballon und keine Luft.«

Gotschi setzt sich resigniert auf die Couch, holt ein Zigarillo heraus:

»Hast was zum Trinken?«

»Einen Eierlikör ...«

Gotschi seufzt und bläst den Rauch an die Decke:

»Ich hab ja nicht nur die Vera, ich hab noch drei Masseusen, eine Polin und zwei Asiatinnen, Friseurinnen, sogar eine Physiotherapeutin hab ich, eine Russin, verstehst ... und die muss ich alle von Zeit zu Zeit betreuen, aber ich merk's ja, dass die alle keine so rechte Freud mit mir haben, wenns d' weißt, was ich mein.«

Mir wird erst klar, dass das, was ich gerade erlebe, die Wirklichkeit ist, und weiß nicht, was mich sagen lässt:

»Vielleicht machst eine Therapie oder so. Ich hab gelesen, dass das helfen soll ...«

»Geh, hör mir auf ... Therapie ... ich erzähl doch keinem Wildfremden, dass ich im Bett zu gschwind bin und dass meine Mädeln den Spundus vor mir verlieren, und nur Salzen* bringt auch nichts auf die Dauer.«

Ich antworte im Tonfall eines Spezialisten, vor allem, um Vera zu schützen:

»No, das ist ganz verkehrt ... vielleicht wenns d' ein bissel Sport machst ... laufen oder so ... das soll oft Wunder wirken.«

»Sport, hör mir auf«, sagt Gotschi und erhebt sich umständlich, »ich hab vom Gewichtheben seinerzeit hinniche** Knie ...«

»Vielleicht walken?«

»Geh bitte, ich renn doch nicht mit zwei so Stecken durch die Botanik wie ein Rentner!«

Gotschi steht ein wenig ratlos da und schickt sich zum Gehen an:

»Na ja, nichts für ungut«, sagt er, dämpft sein Zigarillo aus, geht zur Tür, dreht sich um und sagt, nicht drohend, aber bestimmt:

---

* Wiener Slang: »schlagen«
** kaputte

»Ewig geht das aber nicht so weiter ... gratis. Klar?«
Als Gotschi grußlos die Tür hinter sich schließt, denke ich: »Ewig wird sich für dich nicht ausgehen.«

Unsere Erinnerungen sind große Dateien; es dauert, bis sie sich vollständig löschen.

Ich bin seinerzeit aus freien Stücken ins *Juventus* gegangen, nicht etwa aus Körperschwäche oder Ähnlichem. Unmittelbarer Anlass war, dass ich aus nie geklärten Gründen einer plötzlichen Ohnmacht, einer sogenannten Synkope*, anheimgefallen bin. Mitten auf der Straße, wie man sagt. Als ich aufwachte, standen einige Passanten um mich herum, zwei Sanitäter legten mich auf die Bahre der Ambulanz, und der mitgekommene Notarzt verpasste mir eine Infusion. Ich beteuerte zwar, dass ich mich ganz normal fühlte, aber mir wurde dringend geraten, mich im AKH untersuchen zu lassen, denn es könne durchaus etwas Ernstes sein.

Die Untersuchungen dauerten fast bis Mitternacht, bis ich ohne Befund, aber mit der Ermahnung, mich unverzüglich im Krankenhaus zu melden, falls »etwas wäre«, heimfahren durfte.

Danach habe ich mich für die Seniorenresidenz entschieden. Familie hatte ich keine, außer einem entfernten Cousin, der in Magdeburg lebt, aber wir hatten keinerlei Kontakt. Und Freunde? Natürlich nicht, bei meiner fatalen Neigung. Nicht einmal Bekannte hatte ich. Ich bin nie mit jemandem essen gegangen, »einfach so«, wie man sagt, sondern nur wenn es im Zuge eines

---

* Kreislaufkollaps aus unklaren Gründen, verbunden mit längerer Ohnmacht

Ausborgungsprojekts nicht zu vermeiden war. Damals bereits in einem Alter, in dem man »nicht vorsichtig genug« sein kann, habe ich beschlossen, mich in ein »Institut für Betreutes Wohnen« zu begeben, die letzte Haltestelle vor der Endstation.

Katharina

Es mag wundernehmen, dass ich tot bin, mich aber trotzdem an viele meiner Ausborgungen erinnere. Denn erst wenn die Erinnerung immer diffuser wird, sie nach und nach ganz erlischt, erst dann ist man richtig tot.

Ich bin das erste Mal im Leben bei einer Premierenfeier.* Mit einer Frau, an der ich seit zwei Wochen scheitere und der ich heute Abend die letzte Chance geben werde. Ihr Name will mir beim besten Willen nicht einfallen. Möglicherweise hieß sie Maria.

    Ich und Maria haben das Stück *Der Zaun*, dessen Uraufführung heute gefeiert wird, nicht angeschaut, weil wir stattdessen in einem verschwiegenen, von Maria vorgeschlagenen spanischen Lokal gewesen sind, etliche Gläser weißen Rioja getrunken und Tapas gegessen haben. Danach gehen wir auf die Feier, zu der offiziell nur Maria eingeladen ist, aber eine Begleitperson mitbringen darf.

    Ich gehe nur ungern mit, denn im *El Bajo Español* stellt sich endgültig heraus, dass ich Maria heute und auch in Zukunft nicht »abschleppen« werde, und stehe daher lustlos unter Euphorie simulierenden Fremden herum. Noch dazu habe ich naturgemäß keine Ahnung

---

* Vorwiegend aus PR-Gründen organisierte »Party« nach einer Theaterpremiere, wo alle so tun, als wären sie gerne da

von dem Stück, während Maria – eine enge Freundin der Hauptdarstellerin – vermutlich wenigstens aus Gesprächen mit dieser eine dunkle Ahnung hat und im Ernstfall zumindest vage mitreden könnte.

Es stellt sich heraus, dass es sich um ein nicht subventioniertes Theater in einem Außenbezirk handelt, umweht von der stillen Dramatik der Bedeutungslosigkeit. Die Feier findet im Bühnenbild statt, das nur aus einem teilenden Zaun (!) in der Mitte auf der mit einem grasgrünen Teppichboden ausgelegten Bühne und ein paar Plastikbüschen am Rande besteht.

Ein nicht gesund wirkender Fotograf des Bezirksblattes schießt linkisch einige Fotos, und ich finde mich unversehens mit einer Schauspielerin, dem Regisseur und einigen Ensemblemitgliedern inszeniert zum Gruppenfoto wieder, wobei jeweils die eine und die andere Hälfte der Gruppe diesseits beziehungsweise jenseits des Zaunes platziert wird. Eine umständliche Aktion, die von abgeschmackten Späßen, fortwährendem blödsinnigem Grinsen und Ausrufen wie »Cheese« begleitet ist. Nur der etwas angejahrte Regisseur bleckt die Zähne und sagt stattdessen immer wieder »Schiss«.

Ich komme mit der Hauptdarstellerin, Katharina, wie sich später herausstellt, sie hüben, ich drüben, am Zaun zu stehen: »*Küss die Hand, schöne Nachbarin.*«

Gerade als sie antworten möchte, kommt Maria hinzu, umarmt die Hauptdarstellerin, küsst sie wechselseitig auf beide Wangen und gurrt: »Dass ich dich bei dem ganzen Trubel doch noch finde ...«

Ich hätte bei »Trubel« beinahe aufgelacht, denn diese verschnarchte Zusammenkunft Trubel zu nennen erscheint grotesk.

Sie stellt mich vor: »Das ist Rainer, ein Freund von uns, Rainer, das ist Katharina, meine beste Freundin.«

Ich appliziere einen angedeuteten Handkuss: »Freut mich.«

»Angenehm.«

»Also, Kathi, du warst großartig! Du bist durch das Stück ... geradezu gewirbelt ...«

Ich lobe die Ensemble-Leistung und füge den einfältigen Satz an: »Wie man sich nur so viel Text merken kann ...«

Katharina, »Kathi«, antwortet: »Na ja, mein Hänger am Anfang des zweiten Aktes war keine Kleinigkeit.«

Ich blicke hilfesuchend auf Maria, die ebenfalls betreten schweigt, sich aber gleich wieder fasst und den albernen Satz absondert: »Aber geh, alle haben geglaubt, das gehört so.«

Ich beschwichtige ebenfalls: »Das hat doch niemand gemerkt.«

Kathi sagt ernst: »Also, äh ... Rainer, zwanzig Sekunden von Panik begleitetes Schweigen in einer rasanten Szene? Das haben doch alle bemerkt. Ben ist eh angefressen, da werde ich mir heute noch was anhören müssen!«

»Man geht ja nicht ins Theater, um Telefonbuch-Idioten zu bestaunen, die sich seitenlange Texte merken, sondern um Schauspielkunst zu genießen«, sage ich und ernte dafür einen Augenaufschlag von Kathi.

Die Situation kann nicht vertieft werden, denn der Regisseur, Benjamin, »Ben« gerufen, kommt dazu und reißt das Gespräch großspurig, immer wieder über seinen matt silberfarbenen Bart streichend, an sich: »Die Premiere ist zwar, mehr oder weniger glücklich, überstanden, aber ...«, sein Blick fällt mit pathetischem Ernst auf Katharina, »wir müssen noch viel arbeiten.«

Sie wendet sich ab und geht, etwas wie »Glas Wein holen« murmelnd, ab und lässt mich, Benjamin und Maria stehen.

Maria sagt zu Benjamin: »Jetzt sei nicht so streng mit Kathi, Ben. Sie war doch wunderbar, und das bissel Raufen mit dem Text am Anfang des zweiten Teils, das ist doch normal, noch dazu bei einer Premiere.«

»Hast du das Stück nicht gesehen?«, fragt Ben, und wir beide zucken zusammen, aber er hakt nicht weiter nach. »Es geht nicht um Textsicherheit, es geht darum, dass ich den Eindruck hatte, wir hätten niemals geprobt. Gut die Hälfte der Abmachungen – und letztlich ist Regie führen nichts anderes, als Abmachungen mit den Schauspielern zu erarbeiten – hat sie ignoriert, und das hat natürlich die Übrigen verunsichert und dadurch auch ihre Leistung geschmälert ... obwohl so gesehen ... wie gesagt, die Premiere ist glücklich gelaufen.«

Ben sieht mich während seiner Worte immer wieder verwundert an, bis Maria sich beeilt zu sagen: »Ben, äh ... das ist Rainer, ein Freund von uns.«

»Uns?«, fragt Ben konfus.

»Na, von Karl und mir.«

»Ah, von euch«, begreift er, »ich bin Ben, Katharinas Mann, Verfasser und Regisseur von *Der Zaun*.«

Er reicht mir nicht die Hand. Dieser Ben ist mir unsympathisch, weiß ich doch jetzt, dass er Kathis Mann ist und ich in Erwägung ziehe, es bei ihr zu probieren, obwohl sie an der Schwelle des Klimakteriums steht. Schon allein deshalb, um diesen Theaterfuzzi zu hörnen.

»Ich finde auch, dass Kat... deine Frau ausgezeichnet war.«

»Das freut mich, aber gutes Theater ist immer eine Ensemble-Leistung, und die lass ich mir auch von meiner Frau nicht kaputtmachen. Ich meine, wozu reiß ich mir den Arsch auf bei den Proben?«

»Jetzt lass gut sein«, besänftigt Maria, deren Mann, Karl, weder mitbekommen hat, dass ich ihr Avancen gemacht habe, noch, dass sie hochwahrscheinlich ein Verhältnis mit dem Ehemann ihrer besten Freundin hat, denn sie streicht Ben zart über einen Oberarm.

Ich halte eine Flöte warmen Sekts in der Hand, als ich wie von ungefähr zu Katharina trete: »Ich frage mich, ob es, gäbe es nirgendwo Zäune, zu Nachbarschaftsstreitigkeiten käme?«

»Ein kühner Gedanke«, sagt Katharina, »das Stück soll ja eine Art Metapher dafür sein, wie das Trennende uns vereinen kann. Sagt zumindest mein Mann.«

Ich möchte naturgemäß kein Gespräch über die Deutung des Stückes forcieren, nicke nur stumm und brabble etwas von »dialektisch«.

Ich blicke zu Ben und Katharinas bester Freundin, die jetzt die Köpfe zusammenstecken und schmallippig mit dahin und dorthin huschenden Augen miteinander sprechen.

Auch Katharina scheint das Verschwörerische zwischen den beiden zu bemerken, und während sie mich taxiert, fragt sie: »Gehst du regelmäßig ins Theater?«

»Regelmäßig nicht, um ehrlich zu sein, aber oft. Jedenfalls wahrscheinlich öfter als der Durchschnitt.«

Sie nickt, schaut mir direkt in die Augen: »Was sagst du – jetzt ehrlich – zum Schluss des Stückes?«

»Tjaaa ...« Ich suche nach etwas möglichst Allgemeinem, »... der Schluss erschien mir ... äh ... offen ... und dennoch schlüssig, wenn ich das sagen darf.«

»Du bist sehr höflich, Rainer, nicht wahr?«

»Wie meinst du?«

»Also unter uns, das Stück hat nichts, was man seriös als Schluss bezeichnen könnte ... nicht einmal als Ende, es hört einfach auf!«

Ich lenke ab, um nicht an Einzelheiten der Aufführung zu »scheitern«, indem ich mich missbilligend über den schal schmeckenden Sekt äußere und frage, ob das Bier eventuell kalt sei, aber Katharina schüttelt resigniert den Kopf.

»Das wäre die erste Premierenfeier, bei der die Getränke entsprechend gekühlt sind.« Sie bewegt sich auf mich zu und haucht: »Tiefste Provinz, aber er ...«, sie weist mit ihrem Kinn in Richtung ihres Mannes, »aber er tut immer so, als wären wir am Burgtheater.«

Benjamin hat sich von Katharinas Herzensfreundin gelöst und kommt auf uns zu. Im Grunde kommt er auf Katharina zu, und ich trete mit den Worten »Da kommt dein Mann« zurück, denn dessen Annäherung hat etwas Bedrohliches.

Nun ein wenig abseits, spüre ich, wie der Sekt im Glas mehr als lauwarm wird, und betrachte Katharina. Sie wird so Anfang fünfzig sein, denke ich, sehr gepflegt und irgendwie noch jugendlich. Sicher, mit der Wespentaille ist es vorbei, und das Becken fordert seinen Platz, auch die Beine eignen sich nicht mehr für eine Strumpfreklame, namentlich die Unterschenkel sind unleugbar angeschwollen, aber sonst, für einen Mann meines Alters ein Schmuckstück. Mir gefallen das Feuer in ihren

Augen, das Schalkhafte und diese Art Unverschämtheit, die ihr innezuwohnen scheinen.

Wenn der Frauenausborger älter, ja, langsam alt wird und er weiterhin seinem dunklen Drange nachkommt, verliert das Äußere der bejagten Frauen, glücklicherweise, muss man sagen, an Bedeutung.

Im Gegenteil, junge, schöne Frauen, die vordergründig sexuellen Stimulans befördern, sind ihm von Jugend an suspekt, fühlt er sich doch von ihnen oft beängstigend genötigt. Darüber hinaus leiden Frauenausborger unter »Venustraphobie«, der Angst vor schönen Frauen. Betroffene berichten, dass sie sich in der Gegenwart von besonders attraktiven Frauen nicht mehr artikulieren können und nur noch »hilfloses Gestammel« hervorbringen.

Hinsichtlich der Symptome unterscheidet sich die Venustraphobie kaum von anderen Phobien. Als Symptome sind auch hier Atemnot, Schwindelgefühl und trockener Mund zu nennen. Es kann auch zu Brechreiz oder Unregelmäßigkeit des Herzschlages kommen. Die Venustraphobie ist nicht mit der »Gynophobie«, der Angst vor grundsätzlich allen Frauen, zu verwechseln. Das ist der Hintergrund, warum sich der klassische Frauenausborger von Anbeginn an nicht an »betörende« Frauen heranmacht, sondern gemeinhin bloß sogenannten »hübschen« Frauen nachstellt, weil sein tief sitzendes Minderwertigkeitsgefühl, gepaart mit nie ganz verschwindendem Selbstekel, ihm suggeriert, er sei für die »umwerfend schönen« Frauen nicht gut genug, und daher, befallen von den oben genannten Symptomen, eine Annäherung von vornherein ausschließt.

Wenn der Frauenausborger zurückblickt, dann erinnert er so gut wie nie stürmische Leidenschaft in den Begegnungen mit den geborgten Frauen. Ihn hat immer, nach Arthur Schnitzler, »die Naivität ihrer Betrachtungen«, ihr Blick auf die Welt interessiert, weit mehr als sexuelle Sensationen. Wenn dann die Zeit des Auseinandergehens gekommen ist, also bald nach den ersten Intimkontakten, sind die Frauen froh, die grundsätzlich unersprießliche Verbindung, zusammen mit vorwiegend flauer Erotik, hinter sich lassen zu können.

Der Frauenausborger kann mit dem nach wie vor strapazierten Begriff »Beziehungsarbeit« nichts anfangen. In erster Linie, weil er lebenslang keine wirkliche Beziehung gehabt hat. Im Innersten empfindet er, wenn auch unreflektiert, dass eine Beziehung unreparierbar kaputt ist, wenn sie in Arbeit ausartet. Es mag sein, dass er es mit der Palliativmedizin vergleicht, die mit allen möglichen Mitteln bestrebt ist, ein natürliches, logisches Ende möglichst lange zu verhindern, und sich dabei auf »Höheres« beruft. »Wir können noch« – was auch immer – »machen, da gewinnen wir noch drei Tage.« Den Glauben an die Wiederbelebung einer toten Beziehung hält der Frauenausborger deshalb in hohem Maße für irrational.

Katharina entfernt sich von Maria und Benjamin, schlendert in meine Richtung, sieht mich abschätzend (nicht abschätzig) an und sagt mehr zu sich selbst als zu mir: »Die Mizzi ist ein bissel ein Luder; so war sie schon in der Schule.«

»Wie?«

»Ach, egal ... hast du dir etwas ausgerechnet bei ihr?«

Wie immer, wenn eine Frau mir eine direkte Frage stellt, bin ich überrumpelt, und es gelingt mir nur ein diffuses Grinsen.

»Was das Beste ist, der Karl, ihr Mann, der buseriert* mich ja mit seinem Johannistrieb … haha … das merkt die Mizzi klarerweise und buhlt im Gegenzug um meinen Alten, haha.« Sie hält inne und fragt im beiläufigen Sound des Small Talks: »Und du? Was machst du so?«

»Ich … schreibe.«

»Ah so? Was denn?«

Ich sage nichts, mache nur eine wegwerfende Handbewegung.

Die ohnehin schleppende Unterhaltung erstirbt vollends, als Maria und Benjamin dazustoßen. Ich bemerke, wie die beiden Frauen – beste Freundinnen – einander mit Hintergründigkeit hassen. Eine kleine Gruppe Premierengäste, darunter Karl, Marias Mann, schickt sich aufgeräumt an, das Theater zu verlassen.

»Kommt! Wir gehen in die *Kantine*«, sagt er.

Ich fühle mich wie ein Fremdkörper in der *Kantine*, einer dunstigen Kaschemme, die offenbar die fixe Außenstelle der Theaterleute ist.

Ich sitze neben Katharina, neben der wiederum Karl sitzt und seinerseits vis-à-vis Benjamin, der großspurig auf seinem Sessel lümmelt und Maria mit leicht triefenden Augen anglotzt.

Die *Kantine*, ein, wie gern gesagt wird, uriges Wirtshaus, ist ziemlich voll mit lauten Menschen, die immer wieder grölend lachen und einander zu überschreien versuchen.

---

* Wienerisch für fortwährende Annäherungsversuche

Demgemäß ist auch die Lautstärke am Theatertisch hoch, und ich nicke nur, als Katharina mich anschreit: »Urig, was?«

Mein Interesse an Maria ist auf gleich null gesunken, seit ich Katharina kenne, umso mehr, als augenfällig ist, dass Benjamin, Katharinas Mann, ein Verhältnis mit Maria hat und Karl, Marias Mann, es im Gegenzug bei Katharina versucht.

Es scheint mir zwar, dass Katharina die Avancen und Anspielungen seitens Karls geflissentlich ignoriert und mir gelegentlich was ins Ohr brüllt: »Woher kennst denn du die Mizzi?«

»Was?«

»Die Mizzi, die Maria, woher kennst du die eigentlich?«

»Rein zufällig«, brülle ich zurück.

Als ich aufstehe, um zu gehen, nimmt niemand Notiz, nur Katharina sagt, nahe bei meinem Ohr: »Das kann ich verstehen, dass du gehst.«

Darauf ich nahe bei ihrem Ohr: »Vielleicht sehen wir uns ja wieder.«

Im Hinsetzen schreit Katharina mich an: »Gut möglich!«

Die Situation ist sogar für mich neu. Die eine Frau, Maria, wird von Ben, dem Ehemann der anderen Frau, Katharina, die sich, wie gesagt, als mögliche Neuakquisition entpuppt, belagert, während Karl, Marias Mann, ungeniert mit Katharina kokettiert. Wobei mir vorkommt, dass Karl kein klassischer Frauenausborger zu sein scheint, sondern vielmehr das, was früher »Schwerenöter« genannt wurde, also ein »Seitenspringer«, noch dazu, wie mir scheint, ein notorischer.

Der Unterschied zwischen klassischem Frauenausborger und dem zwanghaften Seitenspringer ist schnell erklärt.

Der Unterschied ist, dass beim Seitenspringer der abstruse Drang, die Frau eines Freundes oder zumindest eines Bekannten zu begatten, nicht nur wegfällt, sondern die Frauen von Freunden tabu sind, wie eingangs schon bemerkt. Das Erfolgserlebnis des Seitenspringers liegt eher darin, sich selbst zu bestätigen und vielleicht auch die eigene Frau zu betrügen, aber keinerlei Lust an der Erniedrigung eines eventuellen Ehemannes zu empfinden. Es ist die gemeine Libido, die ihn antreibt, während es beim Frauenausborger auch der Triumph über das rivalisierende Männchen ist.

Die aktuelle Lage ist allerdings nicht durchschaubar.

Sind beide Seitenspringer?

Dagegen spricht die Tatsache, dass Ben und Karl vielleicht nicht gerade Freunde sind, aber ganz eindeutig gut miteinander bekannt.

Sind beide Frauenausborger?

Auch nur schwer möglich, denn der Frauenausborger agiert niemals vor den Augen des offiziellen Partners. Sollte sich, von mir unbemerkt, im Laufe der Zeit eine Mischform entwickelt haben? Oder gibt es diese Mutante schon lange oder gar immer schon?

Ich entwerfe eine Strategie, wie ich Katharina zunächst isolieren kann, um dann einen »Hattrick« zu landen. Denn der erste Sieg wäre es, Ben, Katharinas Mann, zu hörnen, der zweite, Karls Absichten zu durchkreuzen, der dritte, Maria zu zeigen, dass ich ihrer nicht bedarf.

Ein gewaltiges Vorhaben.

Als Erstes gehe ich allein ins Theater, um mir nun wirklich *Der Zaun* anzusehen und danach mit Katharina kompetent über das Stück zu sprechen, ihr zielführend lobzuhudeln und ein Rendezvous vorzuschlagen.

Ich kaufe eine Karte, dritte Reihe, Gang, um selbst gut zu sehen, aber von Kathi während der Vorstellung nicht etwa, oder zumindest nicht gleich, bemerkt zu werden.

Ehe das Stück beginnt, fadet die Saalbeleuchtung aus, begleitet von grenzwertigem Jazz, und parallel dazu wird das Bühnenlicht aufgezogen. Die Bühne zeigt den bewussten Zaun, der sie in der Mitte der Länge nach in zwei Hälften teilt. Im Vordergrund ist eine Art Rosenbusch auf der linken Seite des Zaunes dazugekommen.

Auftritt Katharina (sie kommt von rechts, schickt sich an, eine Rose von links des Zaunes zu brechen), sie summt beiläufig *Röslein auf der Heide* vor sich hin.

Auftritt eines adretten Herrn von links des Zaunes: »Die Rose pflückt eine Rose?«

Katharina (erschrickt kurz, dann schnippisch): »Die Rose stiehlt eine Rose.«

In der Folge entspinnt sich ein Dialog, der mit wachsamen Blicken jeweils nach links und rechts geführt wird und der uns erzählt, dass Katharina und der adrette Herr a) einander zugetan sind und b) sich gar nicht treffen dürften, denn die Bewohner diesseits und jenseits des Zaunes sind einander spinnefeind. Bis zum Ende wird nicht klar, wo diese Feindschaft herrührt, aber das Stück ist ja eine Metapher, wie Katharinas Mann gesagt hat.

Ich langweile mich grundsätzlich, denn die Metapher scheint mir durch und durch an den Haaren herbeigezogen, nur wenn Katharina auftritt, gelingt mir gerichtete Aufmerksamkeit, denn im Bühnenlicht und mit

Theaterschminke sieht sie aufregend aus und vor allem wesentlich jünger. Dazwischen aber schaue ich immer wieder auf die Uhr und muss an den Satz aus einer Aufführungsrezension des deutschen Theaterkritikers Alfred Kerr (1867–1948) denken: »Als ich um zehn Uhr auf die Uhr schaute, war es erst halb neun.«

Das Stück endet mit der Anfangsszene, nur dass der adrette Herr nun eine Rose abbricht und sie Katharina über den Zaun reicht.

Katharina (erstaunt): »Was machst du?«

Der adrette Herr (vordergründig pathetisch): »Knabe sprach: Ich breche dich, Röslein auf der Heide!«

Katharina: »Röslein sprach: Ich steche dich, dass du ewig denkst an mich.«

Sie nimmt die Rose, riecht an ihr und schaut den adretten Herrn mit vordergründigem Drama an.

Vorhang.

»Also«, fragt Katharina nachher, »jetzt hast du es zum zweiten Mal gesehen, was sagst du?«

Wir sitzen im *El Bajo Español*, und ich gestehe, das Stück erst heute gesehen zu haben; das letzte Mal hätten ich und Maria nur vorgegeben, in der Vorstellung gewesen zu sein. Denn ich saß damals mit Maria just hier beim Spanier. Sie hatte aber die Premierenfeier keinesfalls versäumen wollen, denn: »Das hätte dich gekränkt.«

»So ein falsches Luder«, sagt Katharina und trinkt einen großen Schluck Sangria, »lockt dich auf die Premierenfeier, belügt mich ... und weißt du, warum?«

»...?«

»Weil sie einerseits ihren Mann, den Karl, beschäftigen will, weil der mir seit einem knappen halben Jahr, ich möchte sagen ›ungeniert‹, nachsteigt, und andererseits meinen Mann, den Benjamin, eifersüchtig machen möchte, weil sie sich dem ja geradezu an den Hals wirft. Hast du dir von Maria vielleicht was erwartet?«

Ich nippe am weißen Rioja, mache ein wenig Sommelier-Schnickschnack, indem ich den Wein, der nebenbei zu warm ist, im Mund hin und her schaukeln lasse, um Zeit zu gewinnen, denke, um den Preis darf man verlangen, dass der Wein ordentlich gekühlt ist, schlucke ihn bedächtig hinunter und sage: »Und du, du hast … äh … Interesse an Marias Mann, diesem Karl?«

Katharina lacht. »An Karl? Also, ich sollte beleidigt sein, dass du mir den zutraust, den alten Sack mit seinem Schmerbauch, den er unter Hemden, so groß wie Zelte, zu verstecken sucht. Niemals! Überhaupt ist der entweder nicht gesund, oder seine Zahnprothese ist verseucht, denn der hat so einen sumpfigen Mundgeruch, dass einem gleich alles vergeht.«

Ich hauche mir unauffällig in die hohlen Hände.

Katharina bemerkt es, nimmt mir lächelnd die Hände vom Mund. »Keine Sorge, Rainer, du riechst nicht, das hab ich schon überprüft.«

Ich spüle erleichtert einen Schluck Rioja nach.

»Also«, nimmt Katharina den Faden wieder auf, »jetzt hast du das Machwerk gesehen, was meinst du?«

»Soll ich ganz ehrlich sein?«

»Selbstverständlich!«

Ich beuge mich zu ihr. »Das kann ich gar nicht sagen. Ich habe nur auf dich geschaut.«

Katharina schaut mich schmunzelnd an. »Das ist sehr schmeichelhaft. Aber mich interessiert wirklich, was du von dem Stück hältst.«

»Mir kam es ... zerfleddert vor und in keiner Weise wirklichkeitsnah.«

Katharina nickt, ohne dieses Schmunzeln zu verlieren.

Das bestärkt mich, in diese Richtung weiterzuschwafeln: »... die Regie dürfte gedacht haben: Wenn ich sie nicht überzeugen kann, dann verwirre ich sie. Weißt du, was ich meine?«

Katharina bekräftigt: »Genau das, wenn auch in nicht so treffenden Worten, habe ich mir auch gedacht.«

»Dein Mann hat die Regie gemacht, oder?«

»Ja, er hat das Stück auch mehrheitlich erfunden, während der Proben immer wieder umgeschrieben ... es war qualvoll.«

»Sprichst du mit Ben, mit deinem Mann, nicht über diese Sachen?«

»Haha, Ben und ich sprechen nur das Notwendigste miteinander. Seit Jahren ... seit Jahrzehnten, kann man sagen. Er glaubt, er hat das Theater erfunden und einen unerträglichen Altersstarrsinn entwickelt.«

»Wieso? Wie alt ist er denn?«

»Deutlich älter als du«, sagt Katharina, »in jeder Hinsicht.«

Gerade in diesem Moment betreten Maria, Karl und Benjamin das Lokal.

Katharina, die mit dem Rücken zur Tür sitzt, bemerkt es zunächst nicht. Erst als Benjamin brummt: »Ah, da bist du«, dreht sie sich um und sagt, durch die Plötzlichkeit dieses Überfalls ihre Enttäuschung nicht verbergen könnend: »Was wollt ihr denn da?«

Karl, während er sein Hemd glattstreicht, sagt darauf stupide: »Kommt dir wohl spanisch vor, was?«

Maria sagt: »Wir dürfen doch!?«, setzt sich mit ihm unaufgefordert an den Vierertisch, während Benjamin zunächst ratlos herumsteht, weil niemand eine einladende Geste macht, bis er sich trotzig einen Sessel nimmt und sich plakativ zwischen Maria und Katharina setzt, die zu ihrer Rechten von Karl flankiert wird und die Augen verdreht.

Karl beugt sich wiederholt zu Katharina, die jedes Mal degoutiert zurückweicht – wir wissen, warum! Benjamin tändelt ganz offensichtlich mit Maria herum, die ihrerseits mir und Katharina immer wieder argwöhnische Blicke zuwirft, dennoch aber Zeit findet, die billigen Avancen Benjamins entgegenzunehmen, wobei sie ihren Kopf immer wieder wie ein aufgeregter Singvogel vorstreckt, um ihren Ansatz zum Doppelkinn zu verbergen.

Ich bin nun wahrlich kein Neuling als Zaunzeuge interner partnerschaftlicher Querelen, habe solche allerdings noch nie im Doppel erlebt. Zwei Paare, jedes für sich der gegenseitigen Abneigung anheimgefallen, die Männer, gewissermaßen kreuzweise, liebäugeln jeweils mit der Frau des anderen. Garniert mit einer frivolen Beste-Freundinnen-Geziertheit der beiden Frauen, und ich, mittendrin, weiß nicht, wie mir geschieht. Es steht mir keine Erfahrung zur Verfügung, auf die ich zurückgreifen und die mir Richtlinien für mein weiteres Vorgehen liefern könnte. Das Einzige, was ich nicht aus den Augen verliere, ist das Ziel, und es heißt Katharina.

Es bereitet mir Vergnügen, als Fremdkörper hier zu sitzen und Verwirrung zu stiften. Vor allem dieser Ben scheint überrascht, ja überfordert, spüre ich doch, dass er Katharina mit Vorwürfen ihr Schauspiel betreffend nicht mehr kränken kann, dass er mit seinem Regie-Cäsarenwahn in die Lächerlichkeit abdriftet.

Ich bemerke auch, dass sich Maria Ben nicht voll widmet, weil sie ein Gutteil ihrer Energie dafür braucht, Katharina und mich nicht aus den Augen zu lassen. Beste Freundin hin oder her, ein Fremder hat in dieser schwelenden Kabale nichts verloren, und vor allem gönnt sie Katharina den deutlich jüngsten Mann am Tisch nicht. Ihren dickleibigen Karl, den könnte sie ihrethalben haben, das wäre ihr und vor allem Ben egal, aber je deutlicher zu vermuten steht, dass Katharina an mir interessiert ist, desto mehr fürchtet Maria, dass Ben seine Frau stärker an sich binden möchte, sich von ihr abwendet und sie übrigbleibt.

Der Einzige, der das alles nicht erkennt, ist Karl, der sich naiv und behäbig bemüht, bei Katharina zu landen, und ihre Angewidertheit darüber, die keineswegs nur eine olfaktorische ist, entweder nicht bemerkt oder ignoriert.

Über dem Ganzen liegt ein dünn gewebter Schleier von scheinbar unbefangener Geschwätzigkeit.

Ich finde, das wäre ein mehr als geeignetes Szenario für eine rasante Boulevardkomödie, auf jeden Fall breitenwirksamer als diese Schmonzette *Der Zaun*.

In einer Sekunde der Stille sage ich: »Meine Lieben, ich muss morgen früh raus, ich ...«

In diesem Augenblick spüre ich nicht nur Katharinas Fuß energisch an meinem Schienbein, ich bemerke auch ihren zwingenden Blick und das kurze suggestive Schütteln des Kopfes.

»... ich«, setze ich daher fort, »darf euch auf eine vorläufig letzte Runde einladen und meiner Freude Ausdruck verleihen, euch kennengelernt zu haben.«

Benjamin: »Hört, hört!«

Karl: »Wenn es nur vorläufig ist.«

Maria: »Bevor ich mich schlagen lass ...«

Katharina: »Super.«

Später sagt sie: »Komm, Rainer, schick mir deine Telefonnummer, ich teile sie dann mit den anderen.«

Maria stößt ihr Weinglas um und verschüttet den Großteil über Benjamins Hose, was zunächst zu allgemeiner Hektik am Tisch führt, verstärkt durch die linkischen Bemühungen Marias, das Malheur zu beseitigen, und danach zu einem baldigen Aufbruch.

In dem Zirkus um die Sanierung von Bens Hose flüstert Katharina mir zu: »Ich ruf dich an.«

Sie gibt mir während des überkandidelten Abschiedsexzesses einen kleinen – beschwipsten – Kuss auf den Mund und dreht sich, als sie am Arm Benjamins weggeht, noch einmal zu mir um.

Zu Hause falle ich euphorisiert ins Bett, und bevor ich einschlafe, fällt mir ein, dass ich nicht vergessen darf, mir diese Beischlaferleichterungspillen für den Mann zu besorgen.

»Hallo Katharina«, sage ich, als sie mich am Montag anruft.

»Servus«, sagt sie, als riefe sie mich schon zum zwanzigsten Mal an.

Ich zünde mir eine Zigarette an. »Na, du?«

»Was heißt na, du, ist das alles, was dir einfällt?«

»Ich freue mich, dass du anrufst. Geht es dir gut?«

»Ja, ich habe bis Donnerstag spielfrei.«

»Wunderbar! Ich würde dich sehr gern wiedersehen.«

»Ah ja?«

»Und wie ah ja!«

»Also, wann und wo?«

»Puuh, was schwebt dir denn so vor? Kaffee? Abendessen?«

»Jaa ... ich meine, für den Anfang wäre ein Treffen auf einen Kaffee vielleicht das Geeignetste, man muss ja nicht gleich abendessen gehen. Morgen vielleicht?«

»Sehr schön. Am Nachmittag, so gegen vier?«

»Warum nicht. Und wo?«

»Kennst du ein Café, wo Karl, Ben und Maria oder sonst wer vom Theater sicher nicht auftauchen werden?«

»Ja, kenne ich.« Sie schlägt das *Café Roller* vor. »Liegt in einem Außenbezirk, ist sehr gemütlich, und die haben auch Kleinigkeiten zu essen und vor allem sensationelle Kardinalschnitten.«

»Kardinalschnitten, heißt es, sind oft nur süße Klostergeheimnisse«, versuche ich einen Scherz.

»Was?«

»Ach egal. Ich freu mich«, antworte ich, »bis morgen um vier.«

Als ich am nächsten Tag, pünktlich, das *Café Roller* betrete, ist Katharina noch nicht da.

Der geschmeidige, gar nicht ungeschickt den typischen Wiener Kaffeehauskellner gebende Ober tritt an den Tisch, lässt sein weißes Hangerl über das Tischtuch schnalzen, legt es beiläufig zusammen und fragt in ebenjenem bemüht engagierten Ton, den man Wiener Kaffeehauskellnern andichtet: »Der Herr?«

Ich möchte gerade bestellen, als die Eingangstür aufschwingt und zusammen mit diesem Schwung Katharina das Lokal betritt. Ich stehe auf und sehe mich mit einem Mal Aug in Aug dem Kellner gegenüber, der erstaunt zur Seite blickt, einen Schritt zurücktritt.

»Ah, die gnädige Frau.«

»Hallo Katharina«, sage ich, dränge den Kellner ein bisschen ab und schiebe ihr den Sessel unter den Arsch.

Der Kellner bleibt wie ein schlechter Geruch beim Tisch stehen und sondert das Dienstleister-Stereotyp »Sehr gerne« ab.

»Na«, fragt Katharina alsbald mit vollen Backen, »was sagst du zu der Kardinalschnitte?«

»Dir schmeckt's jedenfalls, das sieht man.«

»Findest du's grauslich?«, fragt sie, mit Zucker an der Oberlippe.

»Aber nein! Es ist wunderbar, wenn eine Frau so offen zeigt, dass sie Hedonistin ist.«

Katharina hält kurz inne, schaut mich an, prüft, ob sie Sarkasmus in meiner Miene entdeckt, spült dann mit einem ausgiebigen Schluck Kaffee einen Brocken Kardinalschnitte hinunter und sagt verschwörerisch: »Hedonismus ist der einzig nachvollziehbare Lebenssinn. Für mich jedenfalls.«

»Hmmm ...«

»Was meinst denn du, was der Sinn des Lebens ist?«

Ich bin überrascht. »Das fragst du einfach so? Und gerade mich? Hunderte Philosophen haben sich darüber den Kopf zerbrochen und sind zu keinem verbindlichen ... Ergebnis gekommen.«

»Die Philosophen, glaube ich, haben sich darüber weniger den Kopf zerbrochen, die Kirchenleute schon viel mehr; die predigen ja, dass in einem gottgefälligen Leben der Sinn liegt, damit man in den Himmel kommt.«

»Den Sinn des Lebens ausgerechnet in einer Kardinalschnitte zu suchen hat doch auch durchaus was Kirchliches.«

Katharina lacht, legt dabei ihren Kopf zurück, sodass man den noch nicht geschluckten Speisebrei eines Stückes Kardinalschnitte in ihrem Rachenraum sieht, besinnt sich, macht den Mund zu, wischt sich mit der Serviette die Lippen ab, errötet (!) und sagt: »Was ich sagen will, ist vielleicht blöd, aber auf jeden Fall pragmatisch: Der Sinn des Lebens ist es, glücklich zu sein. Bist du glücklich, Rainer?«

Ich bin abermals überrascht, ja verstört. Eine Riesenwelle an Gedanken schwappt durch meinen Kopf. Sagte ich jetzt »Ja«, würde ich lügen. Sagte ich »Nein«, führte das Gespräch vielleicht irgendwohin, wo ich gar nicht hinmöchte.

Glücklicherweise fällt mir ein Satz ein, den ich irgendwann gelesen habe: »Der Schlüssel zum Glück steckt von innen.«

Katharina hat die Kardinalschnitte verputzt, ist sichtlich belebt, deutet dem eigentümlichen Kellner: »Darauf einen Eierlikör!«

Ich reagiere sofort: »Ich habe noch gut eine halbe Flasche Eierlikör zu Hause.«

»Nicht stürmisch sein ... in deinem Alter. Mit häuslichen Likören lassen wir uns noch Zeit.«

»Was ich sagen will, ist, ich habe immer Eierlikör zu Hause.«

»Schön für dich«, sagt Katharina und verbindlicher: »Das ist gut zu wissen.«

Der Nachmittag geht in einen frühen Abend über, wir verabschieden uns vor dem Kaffeehaus nicht ganz unbefangen, wobei ich sie ein wenig schludrig auf den Mund küsse, was Katharina gut gelaunt zur Kenntnis nimmt, sich umdreht, zu ihrem Auto geht, sich nochmals umdreht und dann wegfährt.

Ich hätte beinahe eine rote Ampel überfahren, so zwingend denkt es in mir. Sicher, Katharina ist eine reife Frau mit dionysischen Hüften, einer Neigung zum Doppelkinn, diesen beginnenden Knitterfalten am Dekolleté, die, wie so oft bei Damen, die zu welken beginnen, auch mit kleinen braunen Punkten verziert sind. Wenn ich sie mir nackt vorstelle, kann ich mir Dellen an Gesäß und Oberschenkeln nicht wegdenken, und dennoch, ich fühle mich zu ihr hingezogen, und ihr Mann ist mir unsympathisch. Es würde mir sehr behagen, diese Frau auszuborgen.

Es vergehen zwei Tage, von Katharina kein Bild, kein Ton.

Am dritten Tag aber macht mein Telefon am frühen Nachmittag »trrrzzt«, eine SMS von Katharina:

»Eierlikör?«

Ich habe zwar nicht das, was infantilerweise »Schmetterlinge im Bauch« heißt, aber doch ein deutliches Flattern im Abdominalsegment.

»Jederzeit!«, schreibe ich, schicke es ab und schreibe noch nach: »Jubelt all ihr Chöre, preiset die Liköre.«

»Café Roller, 18 Uhr«, schreibt sie zurück.

Ich bin ein wenig enttäuscht, denn ich wähnte mich wieder bei Kardinalschnitte, merkwürdigem Ober, beiläufigem Philosophieren und abschließendem Eierlikör.

Katharina wirkt dieses Mal auf mich ausgelassen, kess und ein wenig überdreht. Ein Gespräch, nämlich eines, das wie von selbst läuft, mag nicht zustande kommen. Ich muss da und dort den Dialog in die Hand nehmen, also strategisch fragen und antworten, sodass keine genierlichen Pausen entstehen und mein (ist es nur meines?) Vorhaben im Schlick der Wortlosigkeit vertrocknet.

Natürlich wird über das Theaterstück gekalauert, über Maria und Karl gewitzelt, die linkischen Bemühungen Marias um Ben, Katharinas Mann, und vor allem werden die abwegigen Versuche Karls thematisiert, Katharina näherzukommen. Es wird an den richtigen Stellen gelächelt, zur rechten Zeit ein kurzer Blick getauscht und auch schon mal – wie beiläufig – die Hand des jeweils anderen berührt, aber Atmosphäre oder gar konspiratives erotisches Kribbeln mag nicht aufkommen.

Das kann doch nicht wahr sein, denke ich, ich alter Esel sitze da, mit einer, sagen wir es doch, wie es ist, Matrone – und stelle mich so was von patschert* an, als wäre ich ein Volksschüler.

Der Frauenausborger, so scheint es, verliert mit dem Älterwerden seinen »Schneid«, seine Unverschämtheit, sein unverhülltes Zielgerichtetsein.

Nicht, dass er etwa Bedenken zu hegen oder seinen dunklen Trieb als solchen zu empfinden begänne, er wird nur langsamer. Und er wird unruhig, wenn eine Frau »bremst«, sich aufgrund ebenfalls fortgeschrittenen Alters oder charakterlicher Unwägbarkeiten nur zögerlich in seine Hände begibt, wenn sie es denn überhaupt tut. Er hat die Frauen nie kennengelernt, weil er ein Leben lang eben keine Beziehungen hatte und daher auch keine Chance, um mit den Abläufen, den Be- und Absonderheiten der weiblichen Seelenlandschaften Erfahrungen zu machen. Je älter er und die Objekte seiner Begierde werden, desto weniger kann er deren Befindlichkeiten verstehen, geschweige denn ihr Verhalten deuten. Er kann sich also im Vorgeplänkel einer Episode nicht auf bloßes Ungestüm verlassen, muss in zunehmend unbekannten Gewässern navigieren.

---

* Wienerisch für ungeschickt, laienhaft

Mit notdürftig verhohlener Resignation frage ich, nachdem die Kardinalschnitten gegessen und die Melangen getrunken waren, ob man den angebrochenen Abend mit einem Eierlikör beschließen solle.

Katharina nickt, schüttelt jedoch gleich darauf den Kopf und sagt: »Ja, aber nicht hier und auch keinen Eierlikör!«, und dabei hat sie wieder das Feuer, das Schalkhafte und diese Unverschämtheit in ihren Augen.

Aber dass Katharina, die uns im Auto aus der Stadt hinaus navigiert, vor einer kleinen, man kann sagen verschwiegenen Pension namens *Stille Post* »Wir sind da« ruft, das erstaunt, ja erschreckt mich.

Sie grinst. »Ein Stundenhotel, na und?«

Ich schaue das Schild an, das – wie in gewissen Filmen – unheilvoll hin- und herschwingt.

Was erwartet sie? Und dass Katharina etwas erwartet, liegt auf der Hand, denn sie macht keine Anstalten auszusteigen, sitzt ebenfalls im Auto, allerdings nicht so verdattert wie ich. Sie hat sich ein wenig zur Seite gelehnt und schaut mich nach wie vor grinsend an.

Soll ich ihr unvergessliche Worte des Begehrens ins Ohr flüstern?

Ich muss mir die Zeit einteilen, sage ich mir, ich muss, circa eine halbe Stunde bevor es ernst wird, meine Tablette nehmen (die ich in letzter Zeit immer vorsichtshalber dabeihabe). Ich kann durch das Autofenster ausmachen, dass im Erdgeschoss des Hauses eine Art Bar sein muss.

Woher kennt sie dieses Etablissement? Denn die Sicherheit, mit der sie mich hierhergelotst hat, offenbart zweifelsfrei, dass sie zumindest einmal schon hier gewesen sein muss. Mit wem? Vor wie langer Zeit?

Katharina richtet sich auf, öffnet die Autotür und sagt einladend: »Komm, gehen wir rein und gönnen uns ein Glas Champagner.« Sie ist erschreckend gut gelaunt und lebenslustig, als sie aufsteht, vorn am Auto vorbeigeht und mit einer komisch-galanten Pose die Fahrertür für mich öffnet.

»Ich geh schon mal vor«, sagt sie, während ich mein Sakko vom Kleiderhaken neben den Rücksitzen nehme und mich vergewissere, dass ich meine Tablette bei mir habe.

Ich öffne das Haustor, betrete einen rural anmutenden Flur, möchte die Tür zur Bar aufmachen, da stoße ich fast mit Katharina zusammen.

»Los raus, wir können da nicht hineingehen!«, ruft sie.

»Was ist denn?«

»Los, komm, steh da nicht herum wie ein Ölgötze«, sie schiebt mich hinaus in den Abend zurück, von Ausgelassenheit und Lebenslust keine Rede mehr.

»Was ist los? Was hast du denn?«

Katharina holt tief Luft und sagt, untermischt mit einem leicht verzweifelten Lachen: »In dieser Bar sitzen Ben und Maria!«

»Wieso …?«

»Wieso, wieso, was glaubst du? Maria, das falsche Luder, hat den alten Deppen bequatschen können, dass er mit ihr, wie sie immer blödsinnig sagt, auf einen ›Hupfer‹ hier rausfährt.«

Die Stille Post dürfte in diesem »Zirkel« seit langem bekannt und beliebt sein.

»Und? Was machen wir jetzt?«

Nein, sie können sich nicht ins vorübergehend gemietete Boudoir schleichen, es bliebe gar nichts über, man müsse durch die Bar gehen, um ins Stiegenhaus zu gelangen, denn nur über das käme man ins Zimmer. Und Maria, dieser heimtückischen Natter, entgehe nichts, die sehe alles!

»Wir müssen seitlich rein, da geht's direkt zur Rezeption. Jetzt steh nicht so da, komm schon!«

Jeder andere Mann hätte die Situation vielleicht als spannend, als abenteuerlich erlebt, mich aber macht die Gesamtsituation nervös.

Katharina sagt zwar: »Von dort, wo die sitzen, können sie uns nicht sehen.«

Aber das tut meiner Unruhe keinen Abbruch. Einer Unruhe, die dem Kommenden massiv im Wege steht.

Als wir, nach einem quälenden Gespräch mit dem Herrn von der Rezeption, das ausschließlich Katharina führt, unser für eine Nacht gemietetes Zimmer betreten, geht sie zu dem kleinen Eiskasten, der anstelle eines zweiten Nachtkastls neben dem Bett steht, und nimmt eine Flasche Champagner mit großspurig französischem – unbekanntem – Markennamen heraus.

»So«, sagt sie und schenkt ein, »die habe ich bei der Reservierung gleich mitbestellt.« Sie prostet mir beiläufig zu, »zur Entspannung ... auf den Schock. Aber ich muss sagen, ich finde es trotz allem irgendwie lustig.«

Ich bemühe mich, amüsiert zu wirken. »Durchaus.«

Katharina küsst mich herzlich auf den Mund, setzt sich auf das Bett, aufrecht mit dem Rücken zur Wand, streift die Schuhe mit den halbhohen Absätzen ab und legt die Füße auf die abgewetzte Tagesdecke. Sie klopft einladend mit einer Hand auf den freien Platz neben ihr: »Komm her da und zieh die Schuhe aus.«

Ich muss mir noch eine Weile Missbilligendes über Maria und ihre Hinterfotzigkeit sowie Verächtliches über Ben anhören, wobei ich genau auf mein Zeitmanagement achte. Ein Glas trink ich noch, dann werfe ich das Zeug ein, sage ich mir.

Unter dem Vorwand, aufs Klo zu müssen, stehe ich von dem auf- und abschwingenden, weil zu weichen Bett auf, während es Katharina auf und ab schaukelt, gehe ins Bad, nehme einen der Plastikzahnputzbecher und drehe den Wasserhahn auf. Kaum, dass das Wasser rinnt, beginnt es in den Wasserrohren entsetzlich laut zu klopfen, wodurch mir vor Schreck meine Tablette ins Waschbecken fällt und ich mich zusammenreißen muss, um nicht »Scheiße« zu schreien.

Katharina sitzt in einem seidenen Unterkleid auf dem Bett, hat ihre Strumpfhose ausgezogen, lächelt und klopft wieder mit der flachen Hand auf den Platz neben ihr.

Katharina sieht mich an und präsentiert mit einer gezierten Geste ihr Unterkleid. »Na, dazu sagst du gar nichts?«

Ich bemühe mich, anerkennend und erotisch ermuntert zu schauen, und sage in passendem Tonfall: »Nur nackt wäre schöner.«

»No, ich weiß nicht«, antwortet sie, scheint aber trotzdem geschmeichelt, »das habe ich vor ein paar Jahren in dem Stück *Das lange Wochenende* getragen, und es passt mir noch«, dann küsst sie mich wiederum, diesmal andeutungsweise mit Zunge.

Ich ziehe mir Hemd, Hose und vor allem meine Socken aus und hauche ein paar Küsse auf ihren Hals.

Als ich mich, nur mehr in Unterhose, an Katharinas Seidenkombinage schmiege, will keinerlei Erregung bei mir aufkommen, denn jedes mögliche Gefühl wird von

Ärger und vor allem Verzweiflung über den tragischen Verlust der Tablette erschlagen; es dominiert der plakative Gedanke: »Das wird eine Blamage!«

Wir kriechen unter die Decke, die Zärtlichkeiten werden gezielter, jetzt werden die Küsse auch deutlich mit Zunge ausgetauscht und Katharina macht: »Mmmmhmmm ...«

Als ich trotzdem – Begehren vortäuschend – beginne, Katharina unter der Decke die Unterhose auszuziehen, denn die Zeiten, wo man sich die Kleider vom Leibe gerissen hat, sind bei uns beiden vorbei, hört ihr »Mmmmhmmm ...« abrupt auf, und sie sagt ernüchtert: »Du, da steht wer vor der Tür.«

Ich komme unter der Decke hervor, möchte sie beschwichtigend küssen, da klopft es.

Katharina hebt den Kopf, möchte etwas sagen, schweigt aber, denn wir erkennen, dass es die Tür des Nebenzimmers ist, an die heftig geklopft wird, gleichzeitig ertönt eine erzürnte Männerstimme: »Maria, mach sofort auf. Maria!«

Karl!

Katharina zieht sich ihre Unterhose wieder von den Kniekehlen hinauf zur Hüfte. Ich schlüpfe in Rekordzeit in mein Hemd, dann sitzen wir mit den Rücken zueinander auf den Betträndern und wissen nicht, warum wir so panisch reagieren.

Ja, Ben und Maria haben das Zimmer nebenan, und es wäre besser gewesen, das nicht zu wissen, aber wenn schon, sie wissen nichts von mir und Katharina. Und Karl? Karl geht es nichts an, was Katharina und ich machen. Wir sehen einander über die Schultern an, grinsen, stehen auf, gehen zur Tür und lauschen.

»Aufmachen! Maria! Ben!«, schreit Karl und dürfte nun mit den Fäusten an die Tür hämmern.

Irgendeine Zimmertür öffnet sich, und eine Männerstimme ruft aufgebracht: »Schreien Sie da nicht herum, was glauben Sie denn?«

Karl, der dicke, schwabbelige Karl dürfte sich, wenn wir unseren Ohren trauen können, dem aufgebrachten Fremden, der da, vermutlich halbnackt, protestiert, mit Drohgebärde zuwenden, denn das Klopfen hört auf.

»Gehen Sie in Ihr Zimmer, Sie Blindschleiche!«

Der gemeinte Herr ist womöglich Brillenträger.

»Wagen Sie es nicht!«, sagt der ein wenig halbherzig.

»Sonst?«, stößt Karl hervor.

»Sonst werfe ich Sie ... lasse ich Sie hinauswerfen!«, sagt der wahrscheinlich weniger voluminöse Herr, der hörbar nur wenig kampferprobt ist.

Nun scheint ein streitbarer Bediensteter des Hotels die Szene zu betreten, denn man hört eine sonore Stimme mit slawischem Akzent sagen: »Haben Sie Problem, Sie Brüllaffe?«

Karl sagt, noch immer echauffiert, aber schon mit weniger Schmackes: »Meine Frau ist da drinnen!«

Die sonore Stimme lacht alterfahren, aber keineswegs milde. »Hauen Sie ab, Sie ...«, er nimmt Karl jetzt offenbar genauer in Augenschein, »Sie ... vollgeschissene Strumpf!«

Katharina drückt meinen Oberarm, hält sich die Hand vor den Mund und kämpft gegen einen Lachkrampf an.

Karl dürfte sich zurückziehen, nicht zuletzt der derben Beschimpfung wegen, denn wir beide hören deutlich, wie er, sich entfernend, auf Ben gemünzt, ruft: »Du

Verräter, du … du Defraudant!« Und dann schon fast verklingend: »Du Hure, du alte Hure!«

Der Rausschmeißer mit dem Akzent sagt, merklich zu dem anderen Herrn: »Alles gut, Sie können wieder …«

An eine Rückkehr ins Bett ist nicht zu denken. Einerseits, weil bei Katharina (dem Himmel sei Dank) alles Wollen verschwunden ist, andererseits, weil, während sie sich anzieht, immer wieder laut auflacht und »Sie vollgeschissene Strumpf« vor sich hersagt.

Wir packen zusammen, wie man sagt, und als wir auf den Gang hinaustreten, geht die Tür des Nebenzimmers auf.

Maria (notdürftig zurechtgemacht) und Ben kommen aus ihrem Zimmer, sehen mich und Katharina zunächst nicht, erst als Katharina im alltäglichsten Tonfall der Welt sagt: »Hallo Ben, hallo Maria«, wirbeln die beiden herum und glotzen kleingläubig. Vor allem Ben scheint einer Ohnmacht nahe.

Katharina hakt sich bei mir unter, zieht mich mit sich und sagt im Vorbeigehen halb an Ben gewandt, halb an die ganze Welt: »Das ist starkes Theater! Und vor allem ein großartiger Schluss.«

Gertrude

Sich als Toter zu erinnern ist, wie in einem Buch zu lesen, aber nicht die Worte an sich, sondern die Wortzwischenräume.

Ich kann daher nicht mit Gewissheit sagen, ob die Schwester, die erst jüngst zum Personal im *Juventus* gestoßen war, nicht eine der jungen Schauspielerinnen ist, die damals in *Der Zaun* mitgewirkt haben. Es kann nur eine Nebenrolle gewesen sein, denn die Hauptrolle hat ja Katharina gegeben, und ich hatte damals nur Augen für sie. Möglicherweise »kenne« ich sie von ganz woanders her, allenfalls kenne ich sie gar nicht.

Mir ist diese neue Schwester, Erika, erst aufgefallen, als sie Herrn Romstorfer als Letzten im Fernsehraum in einem der Fauteuils hölzern verspannt – schlafend, wie sie zuerst glaubte – vorgefunden und eine Weile vergeblich versucht hatte, ihn aufzuwecken. Erst die herbeigeholte Frau Zwachula stellte mit Kennerblick seinen Tod fest. Wie es in der Residenz in solchen Fällen üblich ist, wenn jemand entseelt in einem von allen Bewohnern zugänglichen Raum, und ein solcher war das Fernsehzimmer, gefunden wurde, kamen alsbald zwei Betreuer und trugen Herrn Romstorfer samt Fauteuil in sein Standardzimmer, in welchem kein Fernsehgerät stand.

Herr Broträger erachtete es nicht als notwendig, wieder einmal die Polizei zu bemühen, denn Romstorfer wurde auf sein Bett gelegt, und nachdem ihm die Hausschuhe von den Füßen genommen worden waren und seine Weste ausgezogen, sah es aus, als wäre er auf seinem Bett gestorben.

Selbst als Dr. Hruby später die Möglichkeit, dass er erstickt sein könnte, ja vielleicht sogar erstickt worden war, nicht ausgeschlossen hatte, konnte ihn Herr Broträger überreden, »plötzlicher Herztod« in den Totenschein zu schreiben. Die »Lagerleitung« war naturgemäß nicht interessiert, wieder Kommissar Laschober im Haus zu haben. Das wiederholte Vorstelligwerden des Kommissars und seiner Mannen, von denen manchmal einer eine Frau war, nämlich der Fotograf beziehungsweise die Fotografin, war für das Management ohnehin schon schwierig genug.

Auch in mir wollte kein Zweifel an der offiziellen Todesursache aufkommen, war ich doch der Letzte gewesen, der den Fernsehraum verlassen hatte.

Herr Romstorfer war am Abend von einem Ausgang mit Frau Rothe und Herrn Zapletal alkoholisiert in die Residenz zurückgekommen, wie berichtet wurde, und hatte an Hermines Tür geklopft. Er hatte zwar mit gedämpfter Stimme, jedoch resolut Einlass begehrt. Denn er, Romstorfer, wollte bei ihr fernsehen, weil sie einen eigenen »Apparat« in ihrem Luxuszimmer hatte und er schon wüsste, wie er es ihr gemütlich machen könnte. Er ließ erst von seinem lästigen Begehren ab, als er durch die versperrte Tür Herrn Ettenauers Stimme vernahm, die ihn, wenn er denn um »diese Zeit« noch fernsehen wolle, aufforderte, den Fernsehraum aufzusuchen.

Ich, der ich, wie gesagt, schon im Fernsehzimmer saß, von Romstorfer aber nicht bemerkt wurde, da mich die etwas erhöhte Lehne meines Fauteuils verbarg, konnte hören, wie er Unflätigkeiten, Hermine betreffend, vor sich hin lallte. Ich verließ bald danach den Raum und ließ ihn in seiner verkrampften Haltung sitzen.

Es war Hermine selbst, die mich, als ich recht lebendig das kleine Restaurant unweit des *Juventus* betrat, einlud, an dem Tisch Platz zu nehmen, wo sie mit Ettenauer saß.
»Setzen Sie sich doch zu uns, Herr Caofal.«

Ich verbeugte mich artig und schaute Ettenauer an, sah, dass er Hermine einen empörten Blick zuwarf. Sie redete ungezwungen mit ihrer jungen Stimme, in der das Lächeln auf ihren Zügen stets zu hören war. Sie sprach ungewöhnlich deutlich und akzentuiert, ohne im Geringsten gekünstelt zu wirken. Später erzählte sie, dass sie früher Werbungen für das Radio gesprochen habe.

Ettenauer war missmutig, blieb aber höflich, verdrehte dennoch jedes Mal die Augen, wenn Hermine sich mir zuwandte.

Als wir zurück in die Residenz spazierten, hakte sich Hermine zuerst bei Ettenauer unter, was bei ihm sichtlich Genugtuung hervorrief, die aber in dem Moment verflog, als Hermine mich einlud, an ihre »grüne Seite« zu kommen, sich bei mir einhängte und zwischen uns in der Mitte ging.

Ettenauers Missmut äußerte sich in bockigem Schweigen. Er wäre tatsächlich auch kaum zu Wort gekommen, weil Hermine und ich ein wenig übermütig miteinander ... ja, man kann sagen: flirteten. Immer wenn meine betont neutralen und Ettenauers pikierten Blicke aufeinandertrafen, dachte ich, welches Vergnügen es mir bereiten würde, wenn ich mir Hermine ausborgte oder, besser, von ihm wegborgte. Schaute ich darauf in ihre Sonnenschein-Miene, in ihre hellen Augen, die einmal grün, dann wieder blau leuchten, nahm ich mir, entgegen meinen bisherigen Gepflogenheiten, vor, sie mir für lange Zeit auszuborgen.

Wenn der Frauenausborger, auch mit Nachsicht aller Taxen, kein älterer Herr mehr ist, sondern allmählich ein alter Mann wird, geschieht es, dass sich ihm bislang ungekannte Gefühlswelten auftun. Wenn das »kalte Herz«, das ein Leben lang von zärtlicher Zuneigung, geschweige denn von Liebe nichts wusste und auch gar nichts wissen wollte, sich plötzlich erwärmt, sich scheu jenen Gefühlen, die die Welt zuerst in Leid, dann in Krieg, Not und Tod stürzen, öffnet, dann ist er naturgemäß befremdet.

Als wir, Ettenauer, Hermine und ich, die Residenz betraten, nahm ich mir nicht die Zeit, mich über den Blick – fragend und anklagend zugleich – zu wundern, mit dem mich die neue Schwester betrachtete, die seit ein paar Tagen hauptamtlich als Pförtnerin Dienst tat. Frau Zwachula, der es zu viel geworden war, den Pförtnerdienst zusätzlich zu ihren anderen Aufgaben zu betreiben, hatte sie aufgenommen, um ausschließlich in der Glaskabine (mit kugelsicherem Glas, wie Herr Romstorfer behauptet hat) neben dem Ein- beziehungsweise Ausgang zu sitzen, den Summer zu drücken, der die grundsätzlich versperrte Tür öffnete. Sie tat das immer erst, nachdem sie sich nach Abfragen des Namens und einem Blick in ihren Computer überzeugt hatte, ob jemand Alleingänger war oder nur betreut und in der Gruppe rausgehen durfte.

Als ich wieder in meinem Standardzimmer war, hing ich in Gedanken den Augen und der Stimme Hermines nach und versuchte, wenn auch vergeblich, die Blicke der neuen Schließerin, wie sie bald genannt wurde, zu deuten. Ich schaffte es nicht, zu erinnern, woher und in welchem Zusammenhang sie mir oder ich ihr bekannt zu sein schien.

Ein paar Tage später ist dann die alte Frau Matzku gestorben. Ich saß mit ihr in *Das Café*, sie erzählte mir wirres Zeug und schlief plötzlich mitten in einem Satz ein.

Ich klopfte mit dem Löffel auf die Tasse, rief ein paarmal: »Frau Matzku! Aufwachen, Frau Matzku!«, und schüttelte sie heftig; allein, sie wachte nicht auf.

In der Residenz waren sich alle einig: »Ein schöner Tod.«

Ich weiß nicht recht, warum, aber in diesem Zusammenhang fällt mir Gertrude ein, die aktive Matrone, und es drängt sich die Erinnerung an sie mit verwischten Konturen auf.

Gertrude ist so groß wie ich (179 cm), wahrscheinlich ist sie aber eins achtzig oder wirkt zumindest so, weil sie sich diszipliniert aufrecht hält und regelmäßig Übungen gegen die Ausbildung eines Rundrückens macht.

»Ein Buckel fängt mit Rundrücken an«, sagt sie und zieht dabei ihre Schultern dergestalt nach hinten, dass die Schulterblätter einander unter der Haut berühren. Ihr Gewebe ist durch regelmäßigen Sport – leistungsorientiertes Nordic Walken – fest, und ihre Gestalt hat, obwohl grundsätzlich pyknisch, etwas Athletisches; manchmal sehe ich sie an und denke, Gertrude ist gedrungen, oder besser gesagt ... bullig.

Ich lerne sie an einem eher kühlen Frühlingstag kennen, als sie mit entschlossenen Schritten an mir vorbeizieht, sie ihren Oberkörper mittels ihrer Arme und den von ihren Händen fest umklammerten Walking-Sticks tollkühn nach vorn wirft; hingegen bei der Rückwärtsbewegung ihrer Arme die Griffe der Stöcke, gesichert durch die Schlaufen, loslässt und diese geschmeidig nach hinten gleiten. Um ihre Handgelenke schlingen sich je eine Gewichtsmanschette, ihr Atem geht rhythmisch, indem sie durch die Nase zügig ein- und durch den Mund mit spitzen Lippen ausatmet. Sie trägt eine windschlüpfrige, anliegende Jacke, eine ebensolche Hose und Sportschuhe, denen man den beträchtlichen Anschaffungspreis sofort ansieht.

So spurt sie in einem großzügig angelegten Park in einem noblen Außenbezirk an mir vorbei, der ich bloß vor mich hinschlendere, bleibt etwa zehn Schritte vor mir stehen und ruft nach hinten: »Gustav, ist alles in Ordnung?«

Ich drehe mich um und sehe einen weißhaarigen kleinen Mann, der gierig an einem Asthma-Inhalator saugt, abwinkt und darauf mit angestrengter Stimme zurückruft: »Warte nicht auf mich, Trude, geh nur, wir treffen uns dann beim Auto!« An seinen Unterarmen baumeln teilnahmslos zwei Walking-Stöcke.

Ich sage: »Ist was mit ... Ihrem Mann?«

»Sie sehen ja«, antwortet sie, nicht einmal andeutungsweise außer Atem, »sein Asthma!«

»Sie legen aber auch ein gewaltiges Tempo vor.«

»Ach, wissen Sie, ich nehme ihn nur mit, damit er an die Luft kommt.« Sie dreht sich um und hetzt weiter.

Gustav bleibt kurzatmig stehen.

Als ich mich wieder umdrehe, ist Gertrude weit weg.

»Brauchen Sie Hilfe?«, frage ich Gustav, hoffend, dass er keine Scherereien macht, indem er »Ja bitte« antwortet.

»Danke«, sagt er, noch immer hörbar erschöpft, »es geht schon wieder. Meine Frau ist sehr streng mit mir, was Bewegung betrifft. Sie ist noch keine siebzig, und sie will meiner Vergreisung Einhalt gebieten, wie sie sagt.« Er lächelt hoffnungslos, »dabei kratze ich am Fünfundachtziger, da hätte ich eigentlich das Recht, zu vergreisen.« Er nimmt seine Nordic-Walking-Stöcke, umfasst die Griffe kraftlos. »Sie geht immer ins Schutzhaus oben beim Parkplatz was trinken, denn sie weiß, dass ich fast eine Stunde brauche, bis ich bei unserem Auto bin.«

Ich lasse Gustav zurück und gehe weiter, etwas zügiger als vorher, um möglichst bald in diesem Schutzhaus zu sein und, wie zufällig, Gertrude zu treffen.

Die Körperschwäche Gustavs ist mir zuwider. Wenn ich einen Blick zurückwerfe und ihn gebeugt noch am selben Fleck dastehen sehe, nervt mich seine Hilflosigkeit geradezu. Er lässt sich von seiner Frau die Würde nehmen. Sie zwingt ihn, sie auf ihren hysterischen Nordic-Walks zu begleiten, um ihn unter dem Vorwand, »an die Luft gehen zu müssen«, für seine Hinfälligkeit zu bestrafen.

Je mehr ich mich von ihm entferne, desto entschlossener werden meine Schritte, bis ich spüre, dass das kleine Lungenemphysem, das Dr. Hruby später dann im *Juventus* diagnostizieren wird, meine Lungenfunktion beeinträchtigt.

»Nichts Ernstes«, wird er sagen und sich die Röntgenbilder meiner Lunge anschauen, »Sie haben ja fast ein Leben lang geraucht. Das ist ganz normal.«

Heftig atmend betrete ich das Schutzhaus.

Gertrude steht, ihre Sticks mit einer Hand kess in die Hüfte stützend, beim urigen, schwarz gebeizten Tresen, vor sich eine kleine Flasche Bier.

Ich sehe sie an.

Sie erkennt mich erst nach einer kurzen Verzögerung, bemerkt meinen fliegenden Atem und sagt: »Na, keine Kondition?« Dann nimmt sie die Bierflasche mit Daumen, Zeige- und Mittelfinger am Hals und trinkt einen Schluck.

»Ihr ... Gatte ... hat mir gesagt, dass Sie immer hierhergehen, um sich die Wartezeit zu verkürzen, bis er beim Auto ist.«

»Das hat Gustav Ihnen gesagt?«

Ich nicke.

Gertrude lächelt schief, hebt die Flasche wiederum zum Mund. Bevor sie trinkt, schaut sie mich neugierig an und fragt dann: »Auch ein Bierchen?«

Ich nicke abermals, obwohl ich mir aus Bier nichts mache und lieber eine Schale Earl Grey getrunken hätte. Ich würde mich gern an einen der Tische setzen, getraue mich aber nicht, es vorzuschlagen, weil sie glauben könnte, das Stehen falle mir schwer, und beginnende Altersschwäche vermuten könnte. Womit sie recht hätte, denn ich spüre meine Füße und mein Kreuz.

Der Barmann drückt mir eine kleine Bierflasche in die Hand, Gertrude stößt mit leicht geneigter Flasche an, ich neige die Flasche entgegengesetzt, denn das machen die jungen Leute heute so.

»Ich bin die Gertrude«, sagt sie, ohne den Familiennamen dazuzusagen, und ich weiß nicht, ob wir jetzt per Du sind.

»Ich bin der Rainer.«

»Servus«, sagt sie.

Also per Du.

Gleich darauf will sie wissen: »Wohnen Sie in der Nähe?«

Doch nicht per Du.
»In der Nähe kann man nicht sagen.«
»Kommen Sie regelmäßig zum Joggen her?«
»Joggen? Wieso?«
»Laufen Sie denn nicht immer ein paar Runden im Park?«
»Nein, ich gehe von zu Hause zu Fuß her, spaziere eine Runde und gehe dann wieder nach Hause.«
»Und? Wie lange dauert das?«
»Fast eine Stunde«, sage ich zwischen zwei Schlucken aus der Bierflasche.
»Ein Weg?«, fragt Gertrude lauernd.
»Nein, tour, retour.«
Sie scheint enttäuscht, trinkt ihr Bier aus. »Sportlich ist das nicht, Rainer.«
Ich finde es befremdlich, dass wir uns beim Vornamen nennen, uns aber nicht duzen.
Es ist so, wie man früher mit Lakaien gesprochen hat: »Leopold, kommen Sie her, stellen Sie die Blumen auf die Kommode. Nicht auf die, auf die hier vorn, Leopold!«
Gertrude: »Haben Sie Nordic-Walking-Stöcke, Rainer?«
Ich: »Nein, ich walke nicht nordic, ich …«
Gertrude (unterbricht): »… wenn Sie wollen, borge ich Ihnen welche und wir trainieren zusammen.«
Ich: »Trainieren?«
Gertrude: »Nordic Walking kommt vom Trockentraining der Langläufer, das ist Training, wenn man es richtig macht.« Sie schaut auf die Uhr, »Gustav wird schon beim Auto warten. Ich muss …« Sie nimmt energisch ihre beiden Stöcke in eine Hand, stellt sich stramm hin und sagt befehlsgewohnt: »Übermorgen, 14 Uhr

beim Parkeingang unten? Ich bringe Stöcke mit für Sie. Was sagen Sie, Rainer?«

Ich nicke nur.

Zwei Tage später fahre ich zu diesem Park, gehen will ich nicht, denn ich fürchte, das Walken mit Gertrude wird ein scharfer Ritt werden.

Gertrude steht schon startbereit neben dem Eingang, ein zweites Paar Stöcke lehnt neben ihr an der Ziegelwand. Sie begrüßt mich beiläufig, prüft, ob mir die mitgebrachten Stöcke von der Länge her passen. »Können Sie nordic walken? Ich meine richtig, nicht bloß spazieren gehen und zwei Staberln nachschleifen.«

»Ich muss gestehen, ich bin noch nie nordisch … spaziert.«

Sie belehrt mich über das Walken im Allgemeinen und den korrekten Stockeinsatz im Besonderen. Dann starten wir.

Sie geht forsch neben mir her, beobachtet meine Bewegungsabläufe, korrigiert immer wieder und gibt Tipps.

»Sind Sie …«, sie schaut mich an und verbessert sich, »… waren Sie sportlich? Früher, meine ich.«

»Gar nicht«, antworte ich, »Sport ist Mord.«

»Diesen Blödsinn von Churchill merken sich alle.«

Ich bleibe stehen, denn obwohl wir erst ein paar Meter gegangen sind, tut mir ein kurzes Innehalten gut: »Alle halten das für einen Churchill-Sager!«

»Nicht von Churchill? Von wem denn dann?«

»Donald Duck!«

»Donald Duck?«

»Ja. Churchill sagte ›*No sports!*‹, Donald Duck sagte, von Daisy zu sportlichen Aktivitäten gezwungen, ›Sport ist Mord‹.«

»Ich zwinge Sie nicht, Rainer!«

»So habe ich es nicht gemeint.«

»Bewegung ist Leben, glauben Sie mir, ich weiß, wovon ich rede, ich war Zeichen- und vor allem Turnlehrerin in einer Mädchen-Hauptschule. Schauen Sie sich meinen Mann an! Der ist sein Leben lang nur gesessen oder gefahren, heute ist Gustav malade und unmuskulös.«

»Er ist ja auch deutlich älter als Sie, Gertrude.«

»Sie sind auch älter als ich, Rainer, und obwohl Sie offenbar ein Stubenhocker waren, haben Sie immer noch eine gewisse Körperspannung.«

»Ich bin aber auch jünger als Gustav.«

»Sie brauchen ihm nicht das Wort reden, Rainer, kommen Sie jetzt weiter, lassen Sie uns nicht da herumstehen.« Sie geht los, beobachtet mich ein paar Minuten von der Seite und spricht rhythmisch, fast ein wenig rituell: »Und den Arm vorschwingen ... genau, den Stock kraftvoll einsetzen, schieben ... kraftvoll, Rainer ... loslassen, den Griff in der Schlaufe wieder auffangen ... und vorschwingen und ...«

»Wo ist denn Gustav?«, lenke ich ab.

»Den habe ich schon mal losgeschickt, den überrunden wir in ein paar Minuten.«

Gertrude greift aus, walkt nicht, läuft eher, und ich stolpere ihr hinterher, den korrekten Gebrauch der Stöcke immer wieder außer Acht lassend.

Wir nähern uns einem scheinbar unbeweglichen Punkt in circa zweihundert Metern Entfernung, während sich mein Abstand zu Gertrude mehr und mehr vergrößert.

Der Punkt stellt sich bald als Gustav heraus, der mit kleinen, unsicheren Schritten geht, sich umdreht,

Gertrude und meiner gewahr wird, kurz etwas schneller wird, alsbald aber wieder in seinen greisenhaften Gang zurückfällt.

»Da vorn ist Ihr Mann«, sage ich und hoffe, dass sie, sobald wir ihn eingeholt haben, stehen bleiben wird und ich ein wenig zu Atem komme.

Sie verlangsamt aber nur ihr Tempo und sagt beiläufig zu Gustav: »Du hast ja die Autoschlüssel, oder?«

Gustav klopft auf seine Jackentasche: »Jaja.«

»Hast du deinen Asthmaspray?«

Er klopft auf die andere Tasche. »Ja, habe ich.«

»Setz dich ins Auto und warte auf uns ... auf mich, falls du früher dort sein solltest.«

Ich gehe an ihm vorbei, sage »Guten Tag« und versuche, zu Gertrude aufzuschließen.

»Guten Tag«, seufzt Gustav, und mir kommt vor, als klinge es schadenfroh.

Gertrude beschleunigt wieder, ich gebe mein Bestes, um nicht beschämend zurückzufallen, allerdings vergeblich. Ich folge ihr hastig, zappelnd, ignoriere meine Stocktechnik, schaue auf ihren ausgeprägten Hintern, dessen Muskeln in schöner Gleichmäßigkeit arbeiten. Sie wirkt, wie schon gesagt, bullig, elanvoll und stramm. Sie hat etwas von der selbstverständlichen Kraft einer Bärin, gepaart mit der Elastizität eines Rosses. Sie wirkt überaus lebendig und strahlt etwas Zupackendes aus. Ihr Mann Gustav ist als Lebenspartner eine klare Fehlbesetzung.

Ihre mutig modische Kurzhaarfrisur in Silbergrau macht sie, zumindest für einen Mann meines Alters, attraktiv. Gustav in seiner Mattigkeit mit ihr zu hintergehen wird kein Erfolgserlebnis sein, denke ich.

Wenn für den Frauenausborger im fortgeschrittenen Alter die Unausweichlichkeit des Lebensendes immer konkreter wird, dann muss ihm für eine Ausborgung die bloße Existenz eines Ehemannes reichen, auch wenn ein solcher durch Senilität kein Gegner mehr ist. Es reicht ihm, dass ein Dritter – wenn auch unter ferner liefen – im Spiel ist, der eigentlich gar nicht mitspielt.

Gustav und seine Greisenhaftigkeit sind mir so unangenehm, dass es doch zumindest ein wenig Freude machen wird, Gertrude von ihm auszuborgen. Denn ich spüre deutlich, wie er darunter leidet, dass seine Frau auf forsche Art lebendig ist, und es ihn schmerzt, wenn sie sich anderen, vitaleren Männern zuwendet und ihn, durch die zynische Art, wie sie das tut, seine Bresthaftigkeit doppelt spüren lässt.

Mit einem großen Vorsprung Gertrudes kommen wir bei diesem Schutzhaus an, ich gehe geradewegs auf den Eingang zu, aber sie protestiert: »Kommen Sie, kommen Sie, ich habe mir zwei Runden mit Ihnen vorgenommen, das schaffen wir doch, Rainer, oder?«

Wie sie »wir« sagt, klingt herablassend.

»Ich muss Sie enttäuschen, Gertrude. Tut mir leid.«

»Also gut, meinetwegen. Aber wir werden trainieren, dass Sie mindestens zwei Runden schaffen. Das wäre doch gelacht.« Sie stellt sich im Lokal wiederum an die Bar.

Ich werfe jede Scham von mir und sage entschlossen: »Setzen wir uns doch hier an diesen Tisch. Das haben wir uns verdient.«

Sie sieht mich schweigend an, holt zwei kleine Bierflaschen, denn es ist Selbstbedienung, und folgt mir widerspruchslos. Sie prostet mir mit der Flasche wieder auf juvenile Art zu: »Wissen Sie, Rainer, ich habe mir gedacht, wir verabreden uns das nächste Mal so, dass ich schon eine Runde gegangen bin, mit Ihnen dann eine weitere Runde gehe, wir aber anschließend noch zwanzig Minuten allgemeine Konditionsübungen machen, damit Sie bald die zwei Runden schaffen.«

»Wieso legen Sie denn so viel Wert darauf, dass ich zwei Runden schaffe?«

»Das ist die Sportpädagogin in mir. Schauen Sie, Rainer, Sie sind noch halbwegs fit für Ihr Alter. Das müssen Sie sich bewahren und dürfen sich nicht gehenlassen. Mein Mann hat so gut wie nie Sport betrieben, sich immer geweigert, etwas zu tun, um in Form zu bleiben und Sie sehen ja, mit ihm ist nichts mehr anzufangen.«

Ich nehme einen Schluck aus meiner Bierflasche, um Zeit zu gewinnen, beuge mich andeutungsweise zu ihr und sage: »Und was, Gertrude, wollen Sie mit mir anfangen, wenn ich dann zwei Runden mit Ihnen walken kann?«

Sie sieht mich abermals schweigend an, dann: »Das werden wir schon sehen.« Wiederum klingt ihr »wir« herablassend.

Ich lehne mich zurück, schaue sie zunächst ebenfalls schweigend an und antworte mit einer beinahe schäbigen Lässigkeit: »Sie sind eine sehr attraktive Frau, Gertrude«, und füge bewusst hinzu, »für Ihr Alter.«

Gertrude trinkt mit zwei Schlucken ihre Flasche aus und sagt maliziös: »Ich nehme das einmal als Kompliment, Rainer.« Sie schaut auf die Uhr. »Ich fürchte, Gustav wartet bereits im Auto.«

Ich begleite sie ein Stück, vermeide es aber, mit ihr bis zu ihrem Auto zu gehen, in dem ihr Mann wartet. Ich habe nicht die geringste Lust, Gustav zu begegnen.

»Übermorgen wieder, *same time, same station*?«, fragt Gertrude schmissig.

Ich warte mit der Antwort. »Gern. Aber ich möchte Ihnen ... keine Last sein.«

»Wer oder was mich belastet, weiß ich schon selbst, ich gehe gern mit Ihnen.«

»Das freut mich.« Ich lächle, und sie merkt nicht, dass es gezwungen ist, denn im Gegenteil macht sie einen Schritt auf mich zu.

Steht dann in ihrer Kompaktheit vor mir, hält die beiden Stöcke so in einer Hand, als wären sie mit ihr verwachsene Gliedmaßen, legt den Kopf mit den burschikos geschnittenen Haaren in den Nacken und sagt: »Ich freue mich auch ...«, während sie still eine, zwei Sekunden scheinbar durch mich hindurchblickt. Sie wendet sich ab, macht kehrt, dreht sich nach ein paar Schritten um und winkt mir mit ihren Stöcken; für mich sieht es aus, als drohe sie mir.

Eine Woche später hatte Gustav seinen Schlaganfall.

Gertrude (sachlich): »Wir fahren gerade im Auto heim, und auf einmal hat er gelallt ... und ich sage noch: ›Mach den Mund auf beim Reden, Gustav‹, dann schaue ich ihn an und sehe, dass er ... irgendwie verspreizt neben mir sitzt, keine Luft kriegt, aber nicht in der Lage ist, sein Spray aus der Jackentasche zu nehmen. Er wäre beinahe erstickt, bis ich endlich rechts ranfahren konnte und seinen Inhalator herausfischen ...«

Ich: »... und?«

Gertrude: »Ich ahnte, was heißt ahnen, ich wusste sofort, er hat einen Schlaganfall, ab ins nächste Krankenhaus. Was soll ich dir sagen ... linksseitig gelähmt, kann nicht mehr gehen, Sprachstörungen und Schluckbeschwerden.«

Ich: »Ist er in Lebensgefahr?«

Gertrude: »Nein. Er muss noch ein paar Tage im Spital bleiben, dann wird er in häusliche Pflege entlassen ... du weißt, was das heißt ...«

Ich (gehe darüber hinweg, dass sie mich geduzt hat): »...?«

Gertrude: »Wickeln, denn aufs Klo gehen kann er ja nicht, füttern werde ich ihn müssen, weil er auch nicht mehr selbstständig essen kann. Erst wenn er künstlich ernährt werden muss, weil er gar nichts mehr hinunterbringt, kann ich ihn wieder ins Krankenhaus bringen.«

Ich (ratlos; was soll ich auch sagen): »Armer Gustav!«

Gertrude: »Sprechen kann er auch nicht mehr, es kommt nur so ein blechernes Bellen heraus, von dem ich kein Wort verstehe.«

Ich (weil man das sagt in solchen Situationen): »Wenn du etwas brauchst ...«

Gertrude: »Manchmal glaube ich, aus seinem Rasseln so etwas herauszuhören wie ›Mach mich tot‹, aber genau weiß ich das nicht.«

Ich: »Wie gesagt, wenn du Hilfe brauchst ...«

Gertrude: »Du könntest einmal bei mir vorbeischauen, wenn er sauber ist und schläft oder wieder ins Spital muss.«

Ich (unverbindlich): »Ich ruf dich einfach an, und wenn es passt ...«

Gertrude: »Und ordentlich trainieren, hörst du? Schau, dass du auf die zwei Runden kommst.«

Ich: »Versprochen, Gertrude.«

Gustavs Hilflosigkeit stößt mich regelrecht ab. Aber wie Gertrude jetzt, so unmittelbar nach seinem Gehirnschlag, damit umgeht, erschreckt mich doch ein wenig. Kein Wort des Mitleids, nicht einmal von Betroffenheit. Sicher hasst sie ihn, nicht nur, weil sie ihn jetzt pflegen muss, sondern vor allem, weil sein Zustand es ihr jetzt vollends unmöglich macht, Sport zu treiben.

Einen Menschen pflegen zu müssen ist grundsätzlich etwas Entsetzliches. Mit Gertrudes Einstellung umso mehr. Ich kann mir vorstellen, dass sie überlegt, ihn mit seinem Kopfpolster zu ersticken. Ich würde mir das wünschen, wenn ich nicht ohnehin schon vor Scham verginge, mich von jemand anderem füttern und mir den Arsch putzen lassen zu müssen.

Nach zwei Wochen ruft Gertrude wieder an: »Dir fiele ja nicht ein, anzurufen, zu fragen, wie es mir so geht.«

Sie sagt, wie es »mir«, also ihr, so geht, erwähnt Gustav mit keinem Wort.

Ich (nicht, weil es mich interessiert, sondern um sie zu provozieren): »Wie geht es Gustav?«

Gertrude: »Er liegt herum, flüstert oder krächzt Unverständliches und stinkt.«

Ich: »Was sagen die Ärzte?«

Gertrude: »Außer dass es aussichtslos ist, gar nichts.«

Ich: »Und dir? Wie geht es dir?«

Gertrude: »Ich tanze vor Glück.«

Ich: »Wie lange, glaubst du, wird das gehen mit Gustav?«

Sie schweigt, und es klingt, als würde sie sich eine Zigarette anzünden und den Rauch ins Telefon pusten.

Ich (ungläubig): »Rauchst du?«

Gertrude: »Ich bin mit den Nerven am Ende. Ein Arzt hat mir erzählt, sie hätten eine Patientin, die seit 25 Jahren – einem Vierteljahrhundert! – nur daliegt, künstlich ernährt und beatmet wird. In gespenstischer Abwesenheit, als wäre sie etwas Unbelebtes, wird sie nur gewickelt, gewaschen und ihr ständig der Rücken eingecremt, weil sie vollständig wundgelegen ist. Und sie stirbt und stirbt nicht.«

Ich: »Um Himmels willen.«

Gertrude: »Ihre Angehörigen sind fromm, sagt der Arzt, und erlauben nicht, dass, obwohl sie es gelegentlich andeutungsweise vorschlagen, die Geräte abgedreht werden. Sie sagen, so die Ärzte, nur der ›Herr‹, der Leben gibt, darf Leben nehmen.« Sie scheint die Zigarette abzudämpfen, der letzte Zug klingt wie ein langer Seufzer, »wenn er nicht bald künstlich ernährt werden und zurück ins Spital muss, weiß ich nicht, was ich tu.«

»Mach keinen Blödsinn, Gertrude«, sage ich, obwohl ich meine, dass es viel mehr Blödsinn ist, einen hoffnungslos lebensunfähigen Menschen zu »pflegen«.

Wir beenden das Gespräch mit Worthülsen, und sie nötigt mir das Versprechen ab, mich bei ihr zu »melden«, wie sie sagt.

Ich sitze zu Hause, der Fernseher läuft ohne Ton, ich zünde mir eine Zigarette an und blase den Rauch ins Leere.

Ein paar Tage später rufe ich bei ihr an.

Gertrude: »Ich habe jetzt eine ambulante Pflegerin organisiert. Sie kommt am Vormittag und hilft mir, Gustav in einen Rollstuhl zu hieven und am Abend wieder ins Bett zu legen.«

Ich: »Und?«

Gertrude: »Jetzt sitzt er halt untertags ein paar Stunden teilnahmslos im Rollstuhl. Ich brauche ihn nicht mehr im Bett zu füttern, sondern schiebe ihn zum Tisch und füttere ihn da.«

Ich: »Ist das eine Entlastung für dich?«

Gertrude: »Nicht wirklich; er patzt beim Essen jetzt nicht das Bettzeug an, sondern bloß das Tischtuch. Das kann ich leichter waschen als sein Leintuch und seine Decke. Das ist aber auch schon alles. Dafür muss ich ihm aber etwas über seinen Pyjama anziehen, was auch kein Honiglecken ist.«

Ich: »Wann, meinst du, können wir uns wieder einmal treffen? Oder ist das erst möglich, wenn Gustav …«

Gertrude: »Die Heimpflege hat mir angeboten – gegen Aufpreis natürlich – mir zu helfen, mit ihm spazieren zu gehen. Da habe ich mir gedacht, wir könnten einander in unserem Park treffen und eine Runde drehen.«

Ich kann es nicht glauben, dass sie nur ihr Nordic Walken im Kopf hat. »Gertrude, wie stellst du dir das denn vor?«

Gertrude (eindringlich): »Du walkst, und ich schiebe Gustav im Rollstuhl flott neben dir her, das ist auch körperliche Ertüchtigung. Vielleicht können wir sogar ein Bierchen zusammen zwitschern.«

Ich: »Also, ich weiß nicht …«

Gertrude: »Bitte …!«

Das Bitte kommt in einem Tonfall, den ich vorher noch nie bei ihr gehört habe. In keiner Weise bestimmend, sondern inständig.

Die Pflegehilfe hebt, zusammen mit Gertrude, Gustav aus dem Auto, und sie setzen ihn in den aufgeklappten

Rollstuhl. Ich stehe nutzlos dabei und nehme darauf mit leerem Kopf die mitgebrachten Walking-Stöcke, die mir Gertrude reicht. Kein Wort wird gesprochen, und außer dass die geschult zupackende Pflegerin mir zunickt und Gertrude eckig lächelt, gibt es keinerlei Begrüßung.

Gustav sitzt wesenlos in seinem Rollstuhl, stößt heiser Unverständliches hervor und versucht vergeblich, sich zu mir umzudrehen.

»Also, wie ausgemacht, ich habe jetzt in der Nähe noch eine Patientin und bin dann in einer guten Stunde wieder da.«

Als die Pflegerin in ihrem sonnengelben Dienstwagen mit der lindgrünen Aufschrift *Mobile Pflegehilfe* wegfährt, fällt Gertrude mir um den Hals und sagt halblaut: »Umarme mich.«

Ich umarme sie beiläufig und drücke sie dann von mir.

Erst jetzt sehe ich, dass sie ihren stromlinienförmigen Sportdress anhat, der ihre kernige Statur so betont. Sie umfasst entschlossen die Griffe des Rollstuhls, gibt sich einen Ruck und schiebt ihn an mir vorbei in den Park.

Für einen Moment streift mich ein Blick Gustavs, der Feindschaft signalisiert und trotzdem ausdruckslos ist.

»Komm!«, sagt sie in der Redeweise, die ich von ihr gewohnt bin. Sie bewegt den Rollstuhl in einer Art, als wäre er ein Sportgerät, ich packe die Sticks und folge ihr, die Arme kräftig nach vorn schwingend und in der Rückwärtsbewegung elastisch ausschwingen lassend.

»Gut machst du das schon, Rainer.«

Wir marschieren nebeneinanderher, blicken uns immer wieder an, als Gustav so etwas wie Schnappatmung bekommt.

»Er braucht sein Spray«, sagt Gertrude, bleibt stehen und tritt auf die Feststellbremse des Rollstuhls, »mein Gott, ich hoffe, sie hat es ihm eingesteckt.«

Sie beginnt, an Gustav herumzufummeln, der bedenklich keucht. Endlich zieht sie den Inhalator aus seiner Jackentasche, drückt ihn ihm zwischen die Kiefer und sprüht drei Hübe in seinen Mund, die er mit sichtlicher Mühe inhaliert.

Als er wieder Luft bekommt und der Rollstuhl durch ihr beherztes Schieben wieder Fahrt aufnimmt, kommt langsam ein Gespräch in Gang.

»Früher«, sagt Gertrude und deutet mit dem Kinn nach vorn zu Gustav, »früher habe ich ihn mitgenommen, damit er an die Luft kommt, jetzt, damit ich rauskomme und zu Hause nicht ersticke.« Sie blickt kurz zu mir, kontrolliert, ob meine Bewegungsabläufe stimmen, und fügt hinzu: »Eine Last ist er mir die letzten Jahre immer gewesen.« Sie spricht in normaler Lautstärke, und wenn Gustav noch hören kann, müsste er verstehen, was wir reden.

»Kann er uns hören?«, frage ich.

»Ich weiß es nicht; er reagiert kaum, wenn ich ihm was sage ... ich glaube, er hört, versteht aber den Sinn nicht von dem, was man sagt.«

Ich antworte, wissend, dass ich eine Abfuhr riskiere: »Ich finde es schade ... ich hätte die Beziehung zwischen uns gern vertieft.«

Sie antwortet schnell und in keiner Weise indigniert: »Aber das wird schon, Lieber, das wird schon.«

»Lieber«, hat sie gesagt, ganz selbstverständlich, als wären wir seit Jahren vertraut miteinander. Damit hat sich unsere Bekanntschaft auf eine höhere Stufe gestellt.

Genauso wie vor ein paar Wochen, als das erste Du zwischen uns gesagt worden ist.

»Wer weiß, ob ich das noch erlebe, dass wir unbeschwert ... zusammen sein können.«

»Wir wollen das Beste hoffen«, sagt sie, ohne schneller zu atmen, obwohl es seit einiger Zeit bergauf geht, und: »Mach größere Schritte!«

Ich schmunzle, denn dass Gertrude in dieser Situation noch in der Lage ist, Anweisungen zu geben, erscheint mir so ungeheuerlich, dass mir nur die Möglichkeit bleibt, es komisch zu finden.

Die Heimhilfe steht pünktlich bei ihrem Dienstwagen, als wir zurückkommen. Die beiden Frauen schaffen Gustav in Gertrudes Auto. Ich bin außer Atem, möchte ihr ihre Stöcke zurückgeben.

»Behalt sie gleich für die nächsten Male.«

Die sportlichen Aktivitäten werden in den folgenden Wochen zur Routine.

Anlieferung von Gustav und Rollstuhl, aktives Schieben desselben durch Gertrude, engagiertes Walken meinerseits, begleitet von wohlwollendem Coaching Gertrudes.

Immer wieder kommt es beinahe zu einem Atemstillstand bei Gustav, verbunden mit panischem Suchen und schließlich Hervorholen seines Asthmasprays. Ein paarmal schaffen wir es sogar in das Schutzhaus, aber durch die Mühen, Gustav samt Rollstuhl über die drei Stufen ins Lokal zu schaffen, und seine Anwesenheit kommt keine Atmosphäre zwischen mir und Gertrude auf.

Als Gustav einmal im Gastzimmer unter den indignierten Blicken der Leute seinen Asthmaanfall kriegt, lassen wir es sein.

Gustav bei dem Schild mit dem Hinweis *Wir müssen draußen bleiben* und zwei aufgemalten herzigen Hunden abzustellen, lehnt Gertrude dann doch ab; es wäre zu kühl, sagt sie.

Das nächste Mal sind wir zu dritt im Park, denn die Heimhilfe kommt mit, weil ihr die Patientin, die sie üblicherweise »am Nachmittag pflegt«, ausgefallen ist, wie sie sich ausdrückt.

Eigentlich sind wir ja zu viert, aber Gustav zählt nicht (mehr) für Gertrude; der Rollstuhl als Quasi-Sportgerät ist an seine Stelle getreten.

Als ich der Heimhilfe in ihren Mantel helfe, weil in diesen Spätsommertagen bereits herbstliche Temperaturen herrschen, fällt Gustavs Inhalator aus einer ihrer Manteltaschen.

Mit forschem Schritt beginnen wir unseren Rundgang. Die Pflegerin spaziert hinter uns, und der Abstand zu ihr wird immer größer. Gertrude schiebt den Rollstuhl so, dass Gustav trotz seiner Gurte sichtlich durchgeschüttelt wird, dabei wirft sie mir immer wieder einen prüfenden Seitenblick zu.

»Ja, sehr schön«, lobt sie mich.

Nach einer Viertelstunde akkuraten Walkens hält sie an. Gustav röchelt, was auch als Versuch, etwas zu sagen, gedeutet werden könnte, aber als er, trotz der Lähmung seiner linken Körperhälfte, sich zu winden beginnt und blau anläuft, stürzt Gertrude zu ihm und beginnt, die Taschen seiner verfilzten Strickjacke zu durchsuchen.

»Wo ist denn dein Spray, Herrgott noch einmal!«

Ich stehe dabei, irgendwie aus der Zeit gefallen.

Die Pflegerin schließt eilig zu uns auf, durchwühlt dabei ihre Manteltaschen, Gertrude bückt sich, untersucht den Boden rund um den Rollstuhl, läuft ein Stück zurück – vielleicht ist er auf dem Weg heruntergefallen –, sie kommt wieder, greift unter Gustavs Gesäß, untersucht die Sitzfläche, ob der Spray vielleicht herausgeglitten ist, Gustav hechelt, ringt nach Luft.

Die Pflegerin steht daneben, mit beiden Händen hysterisch in ihren Manteltaschen suchend und sagt mit Panik in Miene und Stimme immer wieder: »Aber ich habe ihn doch eingesteckt. Ich weiß es ganz genau.«

Gustavs Wippen hat aufgehört, ebenso seine Versuche zu atmen. Er hängt leblos in den Gurten, seine Zunge ragt ihm bläulich angelaufen aus dem Mund.

Selbst wenn ich noch am Leben wäre, könnte ich über die nächste(n) Stunde(n) nichts sagen. Dieses Erinnern, das zart und robust zugleich, wie ein Spinnennetz etwa, allmählich aufhört zu sein, findet mich erst wieder, als ich zusammen mit Gertrude und der Pflegerin in einem Wachzimmer einem nicht mehr ganz jungen Polizeibeamten gegenübersitze. Er könnte gut und gern der noch etwas jüngere Kommissar Laschober sein.

Jetzt weiß ich, warum Laschober, wenn er in die Residenz kam, mich immer anschaute, als wüsste er nicht, wo er mich »hintun« sollte, wie man sagt.

Der Polizeibeamte wendet sich gerade an Gertrude: »Der Gatte war also Schlaganfallpatient und litt unter Asthma. Ohne der Obduktion vorgreifen zu wollen, kann aufgrund des Zustandes der Lei… Ihres Gatten in Verbindung mit den Angaben der Pflegerin, Frau Caroline Letofsky, dass der Inhalator des Toten unauffindbar gewesen ist, gesagt werden: Ihr Gatte ist erstickt.«

Laschober (zur Pflegerin): »Obwohl Sie angeben, sich genau erinnern zu können, den Asthmaspray eingesteckt zu haben. Ist das so richtig?«

Frau Letofsky (verzagt): »Ich könnte schwören, ich habe ihn eingesteckt. Frau Gertrude wollte noch zurückgehen und den Spray holen, weil sie ihn vergessen hatte. Aber ich habe in meine Manteltasche gegriffen und gesagt: Nein, nein, ich habe ihn. Ich habe ihn ihr noch gezeigt ... Sie müssen mir glauben, Herr Inspektor, es ist mir ein Rätsel ... ich bin als sehr gewissenhaft bekannt, Sie können sich erkundigen.«

Laschober (kalmierend): »Keine Aufregung, Frau ... niemand beschuldigt Sie.« Dann zu mir, »und Sie? Können Sie die Angaben der Damen bestätigen?«

Ich: »Erst ab dem Moment, als Frau Letofsky hergelaufen ist und vergeblich den Inhalator gesucht hat.«

Laschober: »Sind Sie mit einer der Damen verwandt oder verschwägert, Herr ... Caofal?«

Gertrude und ich blicken uns an, und sie antwortet nach einer etwas zu langen Pause: »Nein.«

Der vermeintliche Laschober beugt sich vor und drückt die Handflächen aneinander: »So, Herrschaften, nachdem es sich in dem Fall um einen ungeklärten Tod handelt, muss ich die Protokolle an die Bezirksanwaltschaft schicken. Sie werden dann wahrscheinlich Ladungen erhalten, weil der Bezirksanwalt noch ... äh ... klärende Gespräche mit Ihnen wird führen wollen. Aber Geduld, das wird eine Weile dauern.«

Gertrude möchte, dass ich sie auf Gustavs Verabschiedung begleite, als »Stütze«, wie sie sagt.

Die Veranstaltung ist eher schwach besucht. Außer Gertrude, der den Kopf schüttelnden, schluchzenden

Heimhilfe und mir sind nur vier weitere Paare, irgendwelche Verwandte (?), erschienen. Bei zweien sitzt der jeweilige Partner im Rollstuhl. Die Beileidswünsche sind beiläufig, sonstige Gespräche werden nicht geführt.

Vor diesem gespenstischen Publikum hält ein Geistlicher mit slawischem Akzent einen an katholischen Plattitüden reichen Nekrolog. Unmittelbar danach ertönt ein an eine Dampfpfeife erinnerndes Signal, und der Sarg (aus dem Billigpreissegment) wird in den Brennofen gefahren, wobei die Pflegerin erstickt aufschreit und einem der Verwandten im Rollstuhl eine gelbliche Flüssigkeit aus dem Mundwinkel zu rinnen beginnt.

Gertrude nimmt die Zeremonie unbewegt auf.

Der traditionelle Leichenschmaus findet ohne die Heimhilfe statt, die gesagt hat, sie bringe jetzt keinen Bissen runter, und verläuft eher schweigsam. Nur als dem Herrn im Rollstuhl abermals gelber Schleim aus dem Mund rinnt, herrscht kurz Aufregung, darauf aber wieder Beredsamkeit, die nach der Bemerkung Gertrudes, »Für den Gustl war's eine Erlösung«, jäh verstummt. »Und für mich auch«, fügt sie hinzu und schaut mich an, als hätte sie lieber »für uns auch« gesagt.

Die Trauergäste blicken einander teils empört, teils ausdruckslos an.

Sie alle leben in ihren letzten zehn Jahren, die naturgemäß entsetzlich sind und nur in Ausnahmefällen lebenswert. Meist dauern diese letzten zehn Jahre keine zehn Jahre. Man lebt gesund, wirkt zu Beginn dieser Endphase noch energiegeladen und vital, bricht sich dann aber unversehens den Oberschenkelhalsknochen, braucht eine neue Hüfte, ein neues Knie, verbringt Wochen im Spital und stirbt schlussendlich an einem Krankenhauskeim.

Oder man bekommt Diabetes Typ 2, Bluthochdruck, Herzbeschwerden, muss auf alles, was froh macht und schmeckt, verzichten und verliert – besonders wenn der-/diejenige ein Leben lang Hedonist gewesen ist – jede Lebensfreude.

»Hedonismus ist ja«, wie schon Katharina damals gesagt hat, »der einzige nachvollziehbare Lebenssinn.«

Gertrude sieht in ihrem schwarzen, etwas abgewohnten Kostüm erstaunlich damenhaft aus. Vermutlich erscheint mir das so, weil ich sie bisher ja nur in ihrem Sportdress kannte.

Das Gruselkabinett löst sich auf, und nach der befremdlichen Verabschiedung fragt mich Gertrude: »Ich würde dich gern zu uns ... zu mir einladen, aber ich fürchte, der Gustav-Geruch liegt noch in der Luft.«

Ich antworte mehr aus jahrzehntelanger Routine als aus Absicht: »Wir können zu mir gehen, aber ich habe außer Eierlikör und zwei Flaschen Côtes du Rhône nichts im Haus.«

Sie nimmt meine Hand. »Wir fahren kurz zu mir, ich springe schnell in die Wohnung rauf und ziehe mir etwas Gemütlicheres an.«

Ich warte in ihrem Auto, nach immerhin einer halben Stunde kommt sie zurück, sie trägt ein zartbraunes, hinten zu knöpfendes Leinenkleid, das den Blick auf ihre strammen Waden gestattet, hat sich sichtlich geschminkt, duftet frisch und setzt sich hinters Steuer.

»Also«, sagt sie aufgekratzt und gibt dem Lenkrad einen Klaps, »wohin?«

Wenn der Frauenausborger die statistische Lebenserwartung des Mannes (zurzeit achtundsiebzig Jahre) überschreitet, sind viele Männer schon tot, von denen er sich im klassischen Sinne und auf gewohnte Weise die Frau ausborgen könnte. Es zeigt sich auch, dass ältere Frauen, die mit noch älteren Männern verheiratet sind und in gemeinsamem geriatrischem ehelichem Irresein nebeneinanderher leben, keinerlei Interesse haben, ausgeborgt zu werden. Ihr Fokus liegt auf dem alternden Mann, der – wenn schon nicht »gepflegt« – so doch mit steigendem Aufwand »betreut« werden muss.

Kaum aber werden diese Frauen Witwen, so erwachen in ihnen für gewöhnlich erneut Lebenshunger und Daseinsfreude. Sie sind oftmals einer Bekanntschaft nicht abgeneigt. Ganz im Gegenteil. Für den dann noch rüstigen Frauenausborger fällt jedoch der *side benefit* des Ausborgens an sich weg, borgt er sich doch die Frau eines Toten aus. Je älter der Frauenausborger wird und halbwegs gesund bleibt, desto weniger aber stört ihn dieser Umstand. Ganz gleichgültig wird er ihm aber nie.

Gertrude möchte kein Glas Côtes du Rhône, auch den Eierlikör lehnt sie nach oberflächlicher Kontrolle ab. Sie trinkt eine Tasse »Kapselkaffee«, zündet sich mit den Worten »nach der ganzen Aufregung« eine Zigarette an und raucht aufatmend. Sie sitzt am vordersten Rand meines alten Sofas, und wir plaudern angeregt, aber unverbindlich.

Ich erinnere mich an die Zeiten, wo auf diesem Sofa in schöner Regelmäßigkeit der praktische Teil einer Ausborgung seinen Anfang nahm oder oft zur Gänze durchgeführt wurde.

Ich mache keinerlei Anstalten, ihr näherzukommen, denn mir fehlt jeder innere Antrieb. Nichtsdestoweniger spüre ich, dass sie sich das wünscht, ja es erwartet. Ich bin, wie man sagt, peinlich berührt, als sie mir ihren Rücken zuwendet, den Kopf leicht nach vorn neigt, die Knöpfe ihres Leinenkleides präsentiert und in dem Tonfall, wie sie beim Walken »Mach größere Schritte« sagt: »Mach mir das Kleid auf.«

Das Kleid gleitet an ihr hinunter, sie sieht mich über die Schulter an, und ich weiß, sie möchte, dass ich ihren BH öffne. Ihre Brüste sind fleischig, aber überraschend fest, sie nimmt meine Hand und legt sie auf eine Brust, umarmt und küsst mich, nicht begehrend, aber innig. Gertrude atmet gelassen, so, wie sie kein bisschen schneller atmet, wenn sie beim Walken einen Zahn zulegt.

Ich hingegen beginne heftiger zu atmen, was sie wahrscheinlich als aufkommende Leidenschaft missdeutet.

Sie fasst mir in den Schritt, drückt eine Weile herum und zieht dann die Hand enttäuscht zurück. »Da tut sich ja gar nichts.« Sie hält mir ihren BH hin und fordert mich mit einer knappen Geste auf, ihr beim Anlegen behilflich zu sein. »Dabei wirkst du halbwegs fit«, sagt sie, schlüpft in ihr Kleid und bedeutet mir, es wieder zuzuknöpfen.

»Entschuldige, Gertrude, ich ...«

Sie dreht sich mit halb zugeknöpftem Leinenkleid zu mir: »Du musst dich nicht entschuldigen, Lieber, ich habe gedacht, wir könnten ein wenig herumspielen ...«

»Um ehrlich zu sein, ich verspüre kein ... Begehren«, sage ich und füge rasch hinzu, »nicht nur bei dir nicht, sondern überhaupt ... ich habe das restlos aus dem Kopf.«

»Blödsinn, das kriegt man nicht aus dem Kopf. Als Mann schon gar nicht.« Sie steht auf, streift ihr Kleid glatt, »wir werden trainieren; sowohl erotisch als auch sportlich. Du wirst sehen, wenn du erst einmal drei Runden, in freudiger Erregung sozusagen, schaffst, dann wird sich auch das ... geben.« Sie wendet sich zum Gehen. Bei der Tür küsst sie mich nochmals innig, und bevor sie sich endgültig verabschiedet, sagt sie mahnend: »Vergiss nicht, Rainer, Bewegung ist Leben.«

Ich bin erleichtert, als sie draußen ist. In jüngeren Jahren hätte ich mich geschämt und geglaubt, die Welt gehe unter, wäre zu Ärzten und Psychologen gerannt, heute macht es mir nichts aus. Im Gegenteil. Eine erektionsfördernde Pille zu nehmen, traue ich mich nicht mehr, weil man immer wieder liest, ein älterer Mann sei davon an Kreislaufversagen oder Ähnlichem verstorben.

Drei, vier Tage darauf, Telefon.

Gertrude: »Rainer? Wie geht's?«

Ich: »Danke, gut.«

Gertrude: »Wie wäre es mit ein bisschen Gymnastik und anschließend ein bis zwei Runden in unserem Park?«

Unser Park!, denke ich, es ist doch eher ihrer und Gustavs Park. Die plumpe Vertraulichkeit, persönliche Gemeinsamkeiten zu konstruieren, ärgert mich. Für mich ist diese Ausborgung erledigt, und ich habe kein Bedürfnis, sie am Leben zu halten oder gar verstörende geschlechtliche Versuche zu wiederholen.

Gertrude: »Rainer?«

Ich: »Ehrlich gesagt, möchte ich lieber nicht ...«

Gertrude: »Jetzt sei kein Frosch! Wir drehen eine Runde, dann fahren wir zu mir, ich mache uns ein Nachtmahl, dann kuscheln wir zusammen, schauen ein bisschen fern, und dann gehen wir schlafen. Morgen früh bring ich dich nach Hause.«

Ich zögere mit der Antwort.

Sie nützt entschlossen die entstandene Pause: »Also, ich hole dich um halb drei ab. Steh bitte schon unten und vergiss deine Stöcke nicht!«

Ich: »Gertrude, ich …«

Aufgelegt.

Als ich eigentlich gegen meinen Willen vorm Haustor stehe, verachte ich mich ein wenig, dass ich mich wieder den Wünschen Gertrudes füge. Ich habe weder Lust auf Gymnastik oder gar darauf, eine »Runde zu drehen«, und vor dem Kuscheln mit anschließender gemeinsamer Nächtigung fürchte ich mich geradezu. Der Sinn von Kuscheln hat sich mir nie erschlossen, noch dazu, wenn es als Therapie oder, besser gesagt, als Training gedacht ist. Ich rechne auch nicht mit irgendeinem Trainingserfolg, der, sollte er sich wider Erwarten einstellen, mich eher beängstigen als beflügeln würde.

Gertrude walkt mit mir eine Viertelstunde, bis sie eine »ruhige Ecke« im Park findet, wo wir Gymnastik machen: auf der Stelle hüpfen, Arme hoch, Arme seitlich, Fingerspitzen zu den Zehen, »so tief es geht«, und anderer Firlefanz.

Als sie darauf ihre Stöcke nimmt und wie immer energisch losmarschiert, bin ich bereits außer Atem und komme ihr kaum nach. Gott sei Dank beginnt es zu regnen, und Gertrude macht kehrt und hastet zu ihrem Auto. Als ich halb durchnässt in den Wagen steige, sitzt sie bereits beinahe trocken hinterm Steuer und sieht mich an.

»Bei mir kannst du dir was Trockenes anziehen.«

Ich habe nie eine Vorstellung, ein Bild von Gertrudes Zuhause gehabt, aber als ich ihre Wohnung betrete, pralle ich zurück. Dunkle, altmodische Möbel, allesamt zu wuchtig für eine (kleine) Zweizimmerwohnung mit Kabinett, in der genereller Lichtmangel herrscht, obwohl die schweren, dunkelbraunen Vorhänge alle offen sind. Sie knipst, obgleich erst Nachmittag, das Licht einer kantigen Stehlampe mit großem dunkelgelbem rustikalem Lampenschirm an, was die Finsternis des Wohnzimmers kaum beseitigt.

»Komm nur weiter«, sagt sie und weist auf eine behäbige (altdeutsche?) Sitzgruppe, die raumgreifend mitten im Zimmer steht. Ich setze mich in einen der beiden Polstersessel mit zerschlissenem, fast farblosem Bezug, die den ausladenden, zu hohen Tisch flankieren, an dessen Breitseite eine Zweierbank mit demselben Muster steht.

Kaum sitze ich, fordert sie mich auf, wieder aufzustehen. »Warte hier, ich bringe dir trockene Sachen ... zieh die nassen schon einmal aus.«

Zehn Minuten später sitze ich in einer von Gustavs Hosen und in einem seiner Hemden – die eine zu kurz, das andere zu weit – in dem geräumigen, aber unbequemen Polstermöbel.

Gertrude ist in einer unterbelichteten Kammer, wie sich herausstellt, der Küche, verschwunden. Zwischen Geschirrklappern und fortwährendem Hin- und Hergehen sagt sie irgendetwas von »trainieren«, »Konditionierung der Reflexe« und »Gewöhnung an das Gerät«.

Danach kommt sie mit einem großen Schinkenomelett und zwei kleinen Flaschen Bier ins Wohnzimmer, setzt sich neben mich an den rechten Rand der Zweierbank und prostet mir mit der Bierflasche zu: »Auf uns! Lass es dir schmecken, Rainer.« Sie streicht mir über den Kopf, wobei ihr großzügig geschnittenes Hauskleid mit dem orientalischen Muster aufgeht und einen ihrer soliden Schenkel offenbart.

Ihre Fürsorglichkeit ist mir nicht angenehm.

Ich schlucke gerade die letzte Gabel des – übrigens ausgezeichneten – Omeletts hinunter, als Gertrude entschlossen aufsteht, das Geschirr aufräumt und in die Küche trägt.

Sie kommt zurück, in jeder Hand ein kleines, bis obenhin gefülltes Schnapsglas, stellt sich vor mich, reicht mir eines der Gläser, hebt das ihre und sagt:»Das Walken hat es uns verregnet, aber dem zweiten Teil des Trainings steht nichts im Wege.«

Dabei gibt ihr exotischer Mantel einen schmalen Blick auf ihren Körper frei. Außer einer großflächigen Unterhose trägt sie nichts darunter. Sie kippt ihr Glas, und ich tue es ihr wie ferngesteuert gleich.

Sie wendet sich um, berührt prüfend mein Gewand, das sie zum Trocknen über den zweiten altdeutschen Sessel gehängt hat.»Deine Sachen sind fast trocken.«

Dann führt sie mich an der Hand ins danebenliegende Schlafzimmer, in dem eine Nachttischlampe – eine kleine, aber sonst identische Ausführung der Stehlampe im Wohnzimmer – schummriges Licht in dem ebenfalls mit dunklem Mobiliar ausgestatteten Raum verbreitet.

Sie lässt ihr Hauskleid fallen, legt sich ins Bett, deckt sich halb zu und streckt mir einladend einen Arm entgegen.»Komm«, sagt sie,»zieh deine Sachen aus und leg dich zu mir.«

Das sind nicht meine Sachen, möchte ich sagen, ziehe mir linkisch Gustavs Hose und Hemd aus, krieche, auch nur in Unterhose, zu ihr ins Bett.

Es heißt, dass Sex im Alter, wenn nicht gerade in ehelichem Rahmen, so wie pubertärer Sex stattfindet. Scheu, verschämt, tastend, voll Unsicherheit und in keiner Weise »stürmisch«.

Ich bin nervös, liege verklemmt neben Gertrude, die allerdings keine Unsicherheit zeigt. Sie zieht mich zu sich und beginnt, wie soll ich sagen, aktiv zu kuscheln.

»Lass dich fallen, Lieber, entspanne dich, vertraue mir.«

Hölzern kuschle ich zurück, was sie zu immer deutlicherer Intimität bewegt.

Sie greift mir wiederholt, wie von ungefähr, in die Unterhose und spricht suggestiv auf mich ein: »Lass es zu, genieße es …«

Mit der Zeit – soweit ich mich erinnere – scheine ich in eine Art Alpha-Zustand zu fallen, und tatsächlich, es tut sich was.

»Na, schau, Lieber …«, sagt sie heiser, zieht mich zu beziehungsweise auf sich, schiebt hastig ihre Unterhose runter, aber kaum dringe ich in sie ein, ist es auch wieder vorbei. Es kommt zu keinen gemeinsamen Bewegungen.

»Fürs Erste war das doch schon sehr gut«, sagt sie, ihren Unmut verbergend.

Nach einem vorwiegend einseitigen Gespräch löscht sie die Nachttischlampe, küsst mich auf ihre innige Art und beginnt alsbald regelmäßig zu atmen und immer wieder leise zu röcheln.

Ich liege da, starre in die schwarze Finsternis dieses Schlafzimmers, erinnere mich, wie ich als Kind wollte, dass zum Einschlafen das Licht an bleibt, und erliege dann den Gedanken, die diese undurchdringliche Schwärze in meinem Kopf wachsen lässt.

Ich spüre, wie Gertrude zu mir herübergreift und mich, so als wäre ich federleicht, auf sich hebt. Der zentnerschweren Dunkelheit wegen kann ich nichts sehen. Sie bewegt sich rhythmisch unter mir. Ich spüre steigende Erregung, ja liebevolle Zuneigung, höre erstaunlich laut, wie die Nachttischlampe eingeschaltet wird. Das fahle Licht fällt auf das Gesicht ... Gustavs, der mich mit halbseitig gelähmtem Lächeln angrinst und gottserbärmlich röchelt, während ich ihn erwürge. Ich schrecke aus dem Schlaf, atme hastig ein und aus. Es dauert eine Weile, bis sich das Bild des grinsenden und erstickenden Gustav auflöst.

Langsam, nicht ganz ohne Mühe, stehle ich mich aus dem Bett, jedes Geräusch vermeidend. Ich schleiche, mich vorsichtig durch die Finsternis tastend, ins Wohnzimmer, nehme mein mittlerweile trockenes Gewand, schlüpfe in die Hose, bemüht, das Gleichgewicht zu halten, ziehe Hemd und Weste an, tappe auf Zehenspitzen zur Tür, öffne sie möglichst geräuscharm und schlüpfe aus der Wohnung.

Bevor die Tür hinter mir ins Schloss fällt, glaube ich noch ein verschlafenes »Rainer?« seitens Gertrude zu hören.

Hermine

Dann hatte ich meine Synkope und beschloss, mich, wie gesagt, in die Seniorenresidenz *Juventus* aufnehmen zu lassen. Als sie mich vom Krankenhaus mitten in der Nacht nach Hause schickten, lag ich noch lange wach, und es dachte nur ganz im Hintergrund in mir. Am betreuten Wohnen führte kein Weg vorbei. Die Vorstellung, noch einmal zusammenzusacken und in irgendeine öffentliche Einrichtung »eingewiesen« zu werden, womöglich in ein Zimmer mit anderen sterbenskranken Männern, war mir unerträglich.

Ich hatte mich recht schnell für das *Juventus* entschieden, denn die Heime, die finanziell für mich infrage kamen, waren alle mehr oder weniger gleich. Ausschlaggebend für die Entscheidung war, dass das *Juventus* keine Pflegestation hatte. Denn der Gedanke, mit Halbtoten Wand an Wand zu »leben«, stieß mich ab.

Nachdem mich Frau Zwachula »eingeschrieben« und mich peripher mit der Hausordnung bekannt gemacht hat, ist es Frau Rothe, das hagere, stets sorgsam zurechtgemachte Ex-Mannequin, die den ersten Kontakt zu mir aufnimmt. Ich spüre ihr Misstrauen, das aber gegen ihre Neugierde einerseits und ihr Mitteilungsbedürfnis andererseits machtlos ist.

So erhalte ich in den ersten Stunden einen vagen Überblick, was für ein Geist hier herrscht und welche

Menschen hier leben. Selbstverständlich sind ihre Auskünfte höchst subjektiv und teils unüberhörbar gehässig. Grundsätzlich aber, so stellt sich im Laufe der Zeit heraus, hat sie Herrn Romstorfer, Herrn Zapletal und Ingenieur Ettenauer, gewissermaßen die Protagonisten im *Juventus*, sehr gut getroffen. Auch die Schwestern und Betreuer, von denen sie mir erzählt, sind in groben Zügen so, wie sie sie beschrieben hat.

Nur bei Hermine irrt sie sich, denn sie beschreibt Hermine als menschenverachtend, hochmütig und verschlagen, was ich nicht glauben kann und schon gar nicht glauben will.

Ich spüre, dass sie, wahrscheinlich aus Eifersucht und Missgunst, ein Bild von Hermine erstellt, das vollkommen an der Wahrheit vorbeigeht.

Ich bin mir darüber in der Sekunde sicher, als ich wenige Tage später Hermine das erste Mal sehe. Sie hat reinweißes Haar, betont durch eine zarte, fast unsichtbare blausilberne Tönung. Ihr Haarschnitt ist dem Gertrudes nicht unähnlich. Was an ihr aber keinen Vergleich mit einer anderen Frau zulässt, sind ihre Augen, die ihrem Gesicht nicht enden wollende Jugend und frappierende Faszination verleihen.

Mich flutete damals mit beängstigender Wucht ein bislang ungekanntes Gefühl, das mir kurz die Tränen in die Augen trieb.

Sie blickt mich unverwandt, um nicht zu sagen, gleichgültig an: »Sie sind der Neue, nicht wahr?«

»J ... ja«, sage ich mit zu hoher Stimme.

Sie lächelt. Ein Lächeln, an dem die Welt genesen könnte. »Ich heiße Hermine«, sagt sie und reicht mir die Hand.

Ich bin so weg, dass ich vergesse, ihre Hand zu ergreifen, und stottere: »Rainer. Rainer Caofal«, und setze blödsinnig hinzu, »sehr erfreut.«

Mit fortschreitenden Jahren, vornehmlich beim Mann – also auch beim Frauenausborger –, greifen Zustände Platz wie Altersgeiz, Altersdepression, Altersstarrsinn, schwindendes Weltverständnis, Generalverdacht auf alles Junge, latenter Verfolgungswahn, Altersblödsinn, jedoch fast nie Altersweisheit. Was, insbesondere beim Mann, auftritt, ist die Neigung zur Rührseligkeit, zur Larmoyanz. Zu nassen Augen, wie man sagt. Wenn, noch dazu beim Frauenausborger, dem Gefühle oder gar tiefes Empfinden ein Leben lang fremd waren, sich plötzlich starke Emotionen vorzudrängen beginnen, so ist er ihnen wehrlos ausgeliefert. Umso mehr, weil er ja, vor allem in Bezug auf Frauen, keinerlei Erfahrung und keine Strategien hat, sich ihnen zu widersetzen. Dazu kommt das Überraschungsmoment, das ihn geradezu überrumpelt. Wenn ihm, volksnah gesagt, »die Liebe einschießt«, so treibt ihm das schon mal die Tränen in die Augen, worüber er anfangs staunt, sich dann dafür schämt, es aber, aufgrund der schwindenden seelischen Widerstandsfähigkeit im Alter, zulassen muss.

Ich begegne Hermine im *Juventus* naturgemäß immer wieder. Ärgerlicherweise oft und oft in der Gesellschaft von Herrn Ettenauer, der mir dann kühl, ja abweisend zunickt und Hermine sanft, aber unübersehbar drängt, weiterzugehen. Sie aber bleibt stehen, grüßt mich und unterhält sich, so scheint es mir, in herzlichem Tonfall mit mir. Wir tauschen zwar nur Gemeinplätze aus, was ich aber, gebannt durch die Blicke, die sie mir mit ihren magischen Augen schenkt, als bereichernde Gespräche erlebe.

Ich bemerke bei diesen Gelegenheiten immer wieder, wie raffiniert gekleidet Hermine jedes Mal ist. Meist trägt sie anmutig fallende Hosen, die ihre aufrechte Haltung unterstreichen, kombiniert mit T-Shirts oder Blusen in frischen Farben, ganz im Gegensatz zum durchfallbeigen Einheitslook der anderen. Wenn sie dann und wann ein Kleid oder einen Rock trägt, sehe ich, dass ihre Beine nicht von Altersschorf oder Krampfadern verunziert sind. Ihre Haut ist noch glatt und geschmeidig.

Merkwürdig ist, kommt mir vor, dass Hermine, wenn Ettenauer dabei ist, länger und zugewandter mit mir redet, als wenn ich ihr allein begegne. Da fertigt sie mich mit ein paar Sätzen ab und geht weiter.

Wo geht sie hin? Zu Ettenauer?

Hermine nimmt an den öffentlichen Veranstaltungen, wie Rommé-Turnieren, gelegentlichen Tanzabenden oder Zeichen- und Malkursen und Ähnlichem, nie teil. Sie ist auch kaum im *Das Café* anzutreffen. Meist dürfte sie in ihrem Luxuszimmer sein. Allein, ohne Ettenauer, denn ich habe ihn immer wieder allein im Café sitzen sehen und eine der großflächigen Zeitungen lesen, die er abonniert hat.

Hermine geht entweder mit einer kleinen Gruppe oder eben in Begleitung Ettenauers raus. Oft verbittet sie sich auch jede Gesellschaft und verlässt, vorherrschend schwarz gekleidet, das *Juventus*. Ich vermute, sie geht auf einen Friedhof, um ein Grab (wessen?) zu besuchen. Ich bemühe mich von Zeit zu Zeit, möglichst unbefangen, mit ihr rauszugehen; nur sie und ich, ohne Ettenauer, was sie freundlich, aber entschieden ablehnt.

Ich beobachte verstohlen Hermine und Ettenauer, sowohl zusammen als auch jeden – vor allem Ettenauer – für sich, um mir ein Bild zu machen, was das für eine Art Beziehung zwischen den beiden ist.

Während ich die beiden beschatte, merke ich nicht, dass ich selbst beobachtet werde. Beobachtet dergestalt, dass diese neue Schwester, »die Schließerin«, versucht, mit mir ins Gespräch zu kommen.

Ich bin daher völlig unvorbereitet, ja überrumpelt, als sie mich eines Abends im Fernsehzimmer stellt, das bis auf eine bekannt schwerhörige Bewohnerin, die darüber hinaus vor sich hindöst, während *Schlagerspaß mit Andy Borg* läuft, unbesucht ist.

»Herr Caofal«, sagt die neue Schwester mit unangenehm gedämpfter Stimme, »Sie kennen mich nicht, aber ich erinnere mich gut an Sie.«

»Ach ja?«

»Sie erinnern sich doch noch an Jonas, den Ehemann von Waltraud?«

»Ja, dunkel.«

»Sie wissen ja, dass er vor eine U-Bahn-Garnitur gefallen ist ... um es ganz deutlich zu sagen, gestoßen wurde ... dass er ermordet worden ist?«

Ich wühle in Erinnerungsfetzen. Wer ist diese Frau? »Ach ja, ihr gemeinsamer Sohn ... äh ...«

»Xaver.«

»Genau, Xaver, hat es mir erzählt, als ich ihn zufällig getroffen habe.«

»Sie werden auch noch wissen, dass Jonas von seiner Frau verdächtigt worden ist, eine Freundin zu haben.«

»Ja, ich glaube, er hat einmal so etwas gesagt.«

»Nun, ich bin oder, besser, ich war diese Freundin!«

»Ah so? Und warum erzählen Sie mir das?«
»Warum? Ich war dabei, als es passiert ist. Ich war mit Jonas in dieser U-Bahn-Station.«
»Um Gottes willen! Das muss ja schrecklich gewesen sein für Sie.«
Sie schaut mich mit zusammengekniffenen Augen an. »Sie waren auch da!«
»...?«
»Ich habe Sie gesehen!«
»Wie bitte?«
»Sie sind gekommen, haben sich angeschlichen und sich ganz knapp hinter Jonas gestellt. Als er fiel, haben Sie kehrtgemacht und sind verschwunden. Alle haben aufgeschrien, waren wie gelähmt, nur Sie sind weggegangen, als wäre nichts geschehen.«
»Sind Sie wahnsinnig? Sie behaupten, ich hätte Jonas ...«
»... vor die U-Bahn gestoßen, ja. Ermordet! Ich habe zwar nicht gesehen, wie Sie ihn gestoßen haben, aber es können nur Sie gewesen sein. Warum sonst hätten Sie sich unmittelbar nach dem schrecklichen Ereignis verdrücken sollen wie ein schlechter Geruch?«

Diese Frau muss tatsächlich wahnsinnig sein. Jetzt, wo ich bereits tot bin und die Erinnerungen schon deutlich geschwunden und dünner geworden sind, weiß ich naturgemäß nichts, weder von einer U-Bahn-Station noch davon, Jonas gestoßen zu haben. Hätte ich so etwas Entsetzliches getan, so etwas Einschneidendes wie einen Mord begangen, denke ich, wäre das eine große Erinnerung gewesen und hätte sich nicht so einfach davonstehlen können. Schließlich erinnere ich ja auch das

Gespräch mit dieser mir fremden Frau. Aber wie gesagt, das mit dem Erinnern, wenn man tot ist, ist so eine Sache. Man kann sich nicht aussuchen, woran man sich erinnert. Man erinnert oder erinnert nicht.

»Sie müssen wahnsinnig sein«, wiederhole ich mich.

»Man hat mir erzählt, dass hier im *Juventus* auch eine ganze Reihe merkwürdiger Todesfälle waren ... vielleicht bin nicht ich wahnsinnig, sondern Sie. Ich mache Sie aufmerksam, ich habe mit Kommissar Laschober gesprochen und ihm meinen Verdacht mitgeteilt. Er hat mir gesagt, er hätte keine Handhabe gegen Sie.« Sie steht auf. »Aber ich weiß, was ich weiß.«

Ich bleibe eine Weile regungslos sitzen, starre auf den Fernseher. Andy Borg singt gerade einen Schlager mit dem Refrain »Ist der Ruf erst ruiniert ...«.

Die alte Dame erwacht aus ihrem Halbschlaf und brabbelt: »Können Sie es ein bisschen lauter machen?«

Dieser Zwischenfall lenkt mich zunächst von der »Aufgabe« ab, Hermine und Ettenauer zu beschatten. Ich nehme meine Ermittlungstätigkeit aber alsbald wieder auf, denn mein Impetus, Hermine für mich zu gewinnen, überwiegt bei weitem die wirren Worte dieser Schwester.

Soweit ich recherchieren kann, ist das Verhältnis von Hermine und Ettenauer ein platonisches, genauer gesagt ein streng platonisches. Ich bemerke zu keiner Zeit Zärtlichkeiten, liebevolles Zugeneigtsein oder gar Intimität. Ettenauer versucht zwar immerhin – halbherzig –, Hermine einen Arm auf die Schulter oder um die Hüfte zu legen, was jedoch von ihr sanft und energisch zugleich schon im Ansatz unterbunden wird. Er geht zwar hin und wieder mit in ihr Luxuszimmer, kommt aber, wie ich feststellen kann, nach kürzester Zeit wieder heraus. Ettenauer scheint mir zwar ein Kavalier zu sein, aber kein Verführer oder Vollstrecker, wie man sagt; also keiner, der auf intimes Zusammensein drängt. Ich habe auch den Eindruck, dass Hermine das Physische verabscheut. Dazu, so scheint es mir, ist sie viel zu zart, zu feinnervig und zu distinguiert, als animalischer Lust zu frönen. Ich glaube auch, dass Ettenauer gar nicht aktiv darauf aus ist, die Bekanntschaft durch Sinnlichkeit zu vertiefen.

Wenn Herr Zapletal auf seine ihm eigene polternd-vulgäre Art Hermine in regelmäßigen Abständen bedrängt, fertigt sie ihn jedes Mal mit einer pointierten Bemerkung ab.

Zapletal (derb): »Na, Prinzessin, wie wär's mit uns beiden?«

Hermine (kolloquial): »Was mich betrifft, sicher nicht! Wie ekelhaft!«

Auch Herr Romstorfer, der Sexualprotz, hat, solange er noch am Leben war, Hermine immer wieder belästigt, ja begrabbelt.

Romstorfer (an Hermines Bluse zupfend): »Was sagen Sie zu einer ›Nacht voller Seligkeit‹? Mit Orgasmus-Garantie?«

Hermine: »Nehmen Sie Ihre Finger weg, Sie Produkt einer Tanzpause.«

Die beiden Herren sprechen in Hermines Abwesenheit von ihr nur als »frigide Funsn«.

Herr Romstorfer ist tot, und wenn ich Herrn Zapletal einmal günstig erwische, dann werden ihm seine Geschmacklosigkeiten im Hals stecken bleiben.

Herrn Zapletal »günstig« zu erwischen ist aber insofern schwierig, als er so gut wie immer mit anderen – meist Herren – zusammensteckt, Karten spielt und dabei von seiner Fleischer-und-Selcher-Vergangenheit und seiner Muskelkraft johlt, während die anderen, teils irritiert, teils eingeschüchtert, weghören.

Oft und oft, wenn ich Hermine mit Ettenauer oder, noch lieber, sie allein dann doch im *Das Café* sitzen sehe und ich gerade mit Frau Rothe ebenfalls da bin, mache ich der Rothe schöne Augen, was diese mit Wohlwollen und geziertem Gehabe entgegennimmt, um Hermine eifersüchtig zu machen.

Ich komme mir dabei lächerlich vor, denn Hermine ignoriert es völlig. Wenn mich, oder vielmehr die Rothe und mich, ihr Blick trifft, so ist dieser Blick nicht einmal geringschätzig, eher beiläufig und ausdruckslos, wenn sie für drei Sekunden ohne Lidschlag zu uns herüberschaut. Gerade in dieser Leere in ihren Augen vermeine ich Verachtung zu spüren.

Frau Rothe bemerkt davon nichts, sondern wähnt sich dem Ziel ihrer Wünsche näher, spricht mit Piepsstimme, schmeichelt mir und berührt mich sanft, soweit das mit ihren leicht gichtigen Fingern möglich ist. Wenn ich Hermine nach einer derartigen Vorführung dann allein begegne, ist sie genauso kurz angebunden und abweisend wie sonst.

Keine Spur von Eifersucht.

Als ich Frau Rothe in der Folge meine Zuneigung wieder zu entziehen beginne, fängt sie an, mich zu »verfolgen«, was einerseits meinen Bemühungen, Hermine und Ettenauer auszuspionieren, andererseits meiner Absicht, Hermine in mich verliebt zu machen, hinderlich ist. Ja, Frau Rothe macht mir gar als Flirt getarnte Vorwürfe, mich zu wenig um sie zu kümmern. Hermine lässt all das unbeeindruckt, sie zeigt nicht einmal mehr Zuneigung zu Ettenauer, um im Gegenzug mich eifersüchtig zu machen. Mir wird jedes Mal ein wenig kälter, wenn ich mich mit dem Gedanken konfrontiere, Hermine gleichgültig zu sein.

Die Rothe wird mir zunehmend lästig, und es fällt mir von Mal zu Mal schwerer, Interesse an ihr vorzutäuschen.

»Rainer«, sagt sie zum Beispiel, »ich sollte eigentlich beleidigt sein.«

»Aber warum denn, Frau Rothe«, sage ich scheinheilig, »was hätte ich denn getan, um Sie zu beleidigen?«

Sie nennt mich vertraut »Rainer«, während ich nach wie vor distanziert »Frau Rothe« zu ihr sage. Vor allem, weil ich ihren Vornamen gar nicht weiß oder meine flüchtige Erinnerung ihn mir vorenthält. Immer wieder drängt sie mich, mit ihr allein rauszugehen. Es gelingt mir – wenn auch mit fadenscheinigen Ausreden –, nur in der Gruppe und betreut das *Juventus* zu verlassen und sie so daran zu hindern, mir näherzutreten. Die anderen, die nur gemeinsam rausdürfen, hätten hochwahrscheinlich ohnehin nichts bemerkt, nur eine Schwester oder – seltener – ein Betreuer könnten etwas mitbekommen, was der Rothe unangenehm wäre, genierte sie sich doch, als Mannequin (!) vergeblich um die Gunst eines Mannes zu buhlen.

Ohne mir jetzt schmeicheln zu wollen, gehöre ich zu den Männern in der Seniorenresidenz, die noch – ich hasse dieses Adjektiv – rüstig sind. Ich bin um die eins achtzig groß, halte mich, bis auf den Anflug eines Rundrückens, gerade, habe leidlich volles Haar, und mein

Gebiss ist tadellos gemacht. Als ich jünger war, maß ich sogar eins zweiundachtzig, doch mit den Jahren bin ich kleiner geworden, was, wie man mir sagt, ganz normal ist. In ruralen Kreisen, in Tirol zum Beispiel, spricht man von diesem Phänomen als »dem Erdboden zugehen«.

Um wessen Zuwendung hätte sich die Rothe auch schon bemühen können? Die Damen und Herren, die einen mehr, die anderen etwas weniger, sind senil, altersgebeugt, überwiegend desinteressiert, verdrossen, »verstehen«, wie sie sagen, »die Welt nicht mehr«, riechen oft muffig und zeigen beginnende geriatrische Symptome. Wenn diese überhandnehmen und jemand wegen Immobilität, Inappetenz, intellektuellem Abbau (Demenz) und / oder Inkontinenz ein Pflegefall zu werden beginnt, so muss der- oder diejenige die Residenz verlassen, weil das *Juventus* ja keine Pflegestation hat. Er oder sie werden dann in ein Pflegeheim verbracht; dem unmittelbaren Vorhof des Todes.

Außer mir kämen für Frau Rothe gerade noch Ingenieur Ettenauer und eventuell ein rüstiger Herr, der aber hoffnungslos taub ist, in Betracht. Ettenauer, so muss ihr scheinen, »geht« ja mit Hermine, und der Taube ist an Frauen im Allgemeinen und an der Rothe im Besonderen nicht interessiert. Als ich noch neu war im *Juventus*, habe ich bemerkt, wie sie vor ihm gespreizt herumgestakst ist, er aber keinen Blick riskiert, es gar nicht bemerkt hat, als wäre er nicht nur taub, sondern auch blind.

Es ist ja so weit gekommen, dass die Rothe mir beinahe aufgelauert hat, weil sie natürlich merkt, dass ich ihr aus dem Weg gehe, ja dass ich vielmehr versuche, mich stattdessen Hermine anzunähern, was ich mit wiederholtem Scheitern zwar läppisch, so doch vermehrt und vor allem augenfällig tue.

Als ich Hermine einmal frage, ob ich sie in die nahe gelegene Konditorei auf eine Jause einladen dürfte, weil die Mehlspeisen im *Das Café* nicht nur trocken, sondern geradezu staubig sind, sagt sie: »Gern, Herr Caofal, wenn es Sie nicht stört, den Herrn Ingenieur auch einzuladen.«

»Ich würde es vorziehen«, antworte ich mit unverhohlener Zweideutigkeit, »mit Ihnen allein zu jausnen, Hermine.«

»Nicht böse sein, Herr Caofal, das geht nicht, wie sähe das denn aus?«

»Liebe Hermine, wonach sieht es denn aus, wenn Sie ständig allein mit Herrn Ettenauer rausgehen? Noch dazu, wo Sie auch drinnen ausschließlich mit ihm zusammen sind?«

»Aber Herr Caofal, was hätten Sie denn davon, wenn Sie und ich immer zu zweit wären? Darüber hinaus würde es Herrn Ettenauer kränken.«

Ihr zu entgegnen, dass es mir vollständig egal ist, wenn Ettenauer sich kränkt, geht nicht, also sage ich: »Wenn wir nur zu zweit wären, könnte ich Ihnen sagen, was ich Ihnen schon sagen wollte, als ich Sie zum ersten Mal gesehen habe.«

»Also, jetzt werden Sie nicht kindisch. In Ihrem Alter!«

»Hermine«, setze ich nach, doch da unterbricht sie mich, »ah, da kommt der Herr Ingenieur. Bis bald, Herr Caofal.« Sie lächelt bezaubernd und lässt mich abermals stehen.

Dass sie mich kränkt, scheint ihr gar nicht in den Sinn zu kommen, denke ich und gehe auf mein Zimmer, setze mich in meinen mäßig bequemen Fauteuil und wundere mich, so etwas wie Kränkung zu empfinden.

Ich blättere in einer zwei Tage alten Zeitung. Unkonzentriert, weil der Fluss der Gedanken immer wieder meine gerichtete Aufmerksamkeit blockiert, als ich unter *Lokales* auf einen Artikel stoße.

Theatermord an Vorstadtbühne – Regisseur hängt tot über dem Zaun

Den Brustkorb von drei Zaunspitzen durchbohrt fand, von Vertretern des Ensembles alarmiert, die Mordkommission (Gruppe Laschober) den Regisseur Benjamin Bries kopfüber an einen Zaun – das dominierende Bühnenbild des gleichnamigen Theaterstückes – festgenagelt. Ein Polizeisprecher spricht von einer regelrechten Hinrichtung. Bislang konnten die sofort eingeleiteten kriminaltechnischen Untersuchungen keine Hinweise auf Tathergang, Täter oder Motiv desselben ans Licht bringen. »Zunächst«, so Kriminalkommissar Laschober, »wird das Ensemble befragt und eventuellen Hinweisen aus der Bevölkerung nachgegangen.« Katharina Bries, die Gattin des Opfers, nahm die Nachricht gefasst entgegen.

Ettenauer nimmt naturgemäß meine immer weniger dezent werdenden Bemühungen um Hermine wahr.

Im Innersten weiß ich, dass sie ihm davon erzählt mit ihrer Werbesprecherinnen-Stimme und ihrer schönen, akzentuierten Sprache. Das erbost mich am meisten, dass sie so eine Loyalität, so eine Vertrautheit Ettenauer gegenüber an den Tag legt. Sie erzählt ihm gewiss von meinen wiederholten Annäherungsversuchen, und er lacht darüber in seiner käsigen Art, indem er seine für ihn zu große und unnatürlich weiße Zahnprothese bleckt. »Käsig« deswegen, weil ich einmal Ohrenzeuge war, wie er erzählte, dass er Käsegourmet sei und besonders gern bereits zerrinnenden, weiß schimmelnden Käse mit hochtrabend französischem Namen isst. Ich komme Ettenauer nicht so nahe, dass ich riechen könnte, ob er diesen »würzigen« Käsegestank ausdünstet. Wahrscheinlich tut er das; und ich wundere mich, dass die so zarte, durch und durch appetitliche Hermine das aushält.

Widerlich.

Nach zahlreichen, immer wieder blamabel scheiternden Zudringlichkeiten habe ich eines Tages Glück. Auf dem Weg in den großsprecherisch »Park« genannten Garten der Residenz begegne ich Hermine.

Hermine allein.

Ich gestehe, dass ich neben überbordender Freude diesen jäh erwachenden »Jagdinstinkt« spüre, den ich von früher kenne.

»Liebe Hermine«, sage ich mit aller Herzenswärme, die mir möglich ist, »es muss Bestimmung sein, dass ich Sie endlich allein treffe.«

»Nicht so pathetisch, Herr Caofal, das ist reiner Zufall. Oder glauben Sie gar an so etwas wie ›die Fügung eines lieben Gottes‹? Ich nicht!«

»Ich glaube nur an ›Eins und eins ist zwei‹ und keinen Gott, schon gar nicht an einen lieben«, antworte ich mit diesem philosophischen Unterton, der mir von seinerzeit noch erinnerlich ist.

»Also«, sagt sie und ignoriert meinen angebotenen Arm, »lassen Sie uns diesen schönen Nachmittag nützen, und flanieren wir durch den Park, der bestenfalls ein Anstaltsgarten ist.«

Ich kann es mir nicht verkneifen zu fragen: »Wo ist denn Herr Ettenauer?«

»Jede Wette hätte ich gewonnen, dass Sie mich fragen werden. Der Herr Ingenieur ist bei der Massage und dann bei der Pediküre oder umgekehrt.«

Ich sage aufgeräumt: »Da haben wir ja eine gute Stunde Zeit, Hermine.«

»Zeit wofür?«

Ich antworte nicht, mache die dunkelgrün gestrichene Glastür zum Garten auf und weise Hermine galant hinein.

Da stehen wir nun; ich freudig erregt, mit dem Gefühl, das abgeschmackterweise »Schmetterlinge im Bauch« heißt. Ich plappere, berichte, wie üblich, Fiktives aus meinem Leben. Ihr von meinen Ausborgungen zu erzählen würde naturgemäß eine Ausborgung Hermines unmöglich machen. Wobei, ich habe es schon gesagt, dass es sich in diesem Fall nicht um eine Ausborgung handeln würde, sondern vielmehr um eine »Anmichnehmung«, denn Hermine gäbe ich nicht mehr zurück. Wem auch? Sie gehört niemandem. Ettenauer ist nur ein nützlicher Idiot und darf bloß unverbindlich mit ihr am selben Tisch sitzen und sie beim Rausgehen begleiten.

Sie fragt mich, was ich gemacht habe, bevor ich in die Residenz gezogen bin, und ich erzähle ihr, dass ich schreibe.

»Aha«, sagt sie, »interessant; was haben Sie denn geschrieben?«

»Ach, nicht der Rede wert.«

»Kommen Sie, machen Sie aus Ihrem Herzen keine Mördergrube. Kann ich etwas von Ihnen gelesen haben?«

»Kann ich nicht sagen, aber vielleicht werden Sie noch ...«

Sie dringt nicht weiter in mich, meint nur, dass es ihr gleich von Anfang an vorgekommen sei, ich wäre verschlossen. »Nicht nur verschlossen«, fährt sie fort, »fast so, als hätten Sie etwas zu verbergen, Herr Caofal.«

»Ich heiße Rainer«, sage ich, »wollen Sie nicht Rainer zu mir sagen?«

»Lieber nicht. Das käme mir unter den gegebenen Umständen zu ... gefährlich vor.«

»Gefährlich? Wieso denn gefährlich?«

»Weil ich nicht weiß, was Sie verbergen.«

»Was soll ich denn verbergen?«

Sie sieht mich von der Seite an. »Das müssen Sie wissen.«

In diesem Moment stößt meine Fußspitze an etwas an, das im Gras liegt und metallisch klingt. Wir bücken uns beinahe gleichzeitig, ich hebe den Gegenstand auf, zeige ihn Hermine. Er ist circa vierzig Zentimeter lang, hat grundsätzlich die Form eines Messers mit einer scharfen Spitze, die massive Klinge ist über ihre ganze Länge nach innen gewölbt. Ein dunkelgrüner Kunststoffgriff weist das Ganze als Werkzeug aus. Wir sind zunächst ratlos, geben uns das Ding abwechselnd gegenseitig in die Hand, drehen es hin, drehen es her, bis Hermine erkennt, worum es sich handelt.

»Genau«, ruft sie, »das ist ein Unkrautstecher! Der wird dem Gärtner gehören.«

Wir blicken uns um – kein Gärtner.

»Legen wir es hier bei den Blumen auf diese kleine Mauer«, sage ich, »da findet er es sicher.«

Hermine platziert das Gartengerät möglichst gut sichtbar, und wir spazieren weiter durch den Garten.

Als es zu meinem Ärgernis leicht zu nieseln beginnt, dreht Hermine um. »Kommen Sie, Herr Caofal, der Herr Ingenieur wird jetzt mit seinen Anwendungen auch schon fertig sein.«

Auf dem Weg zum *Das Café* drückt sie meinen Oberarm und lässt mich beim Aufzug stehen.

Ich fahre aber nicht sogleich in mein Standardzimmer hinauf, sondern schlendere, enttäuscht über das fruchtlose Solo-Treffen mit Hermine, ziellos im *Juventus* herum, bis ich mich im Garten bei dem Mäuerchen mit den Blumen wiederfinde.

Später dann endlich doch in meinem Zimmer, versuche ich, um die Zeit bis zum Abendessen zu füllen, in meinem Buch zu lesen, was mir nicht so recht gelingen mag, und gerade als ich einzunicken drohe, höre ich einen spitzen Schrei, laute Stimmen, hektische Betriebsamkeit, und wie ich aus meinem Zimmer trete, ertönen verschiedene Folgetonhörner, vermutlich Polizei, Rettung und Notarzt.

Im Halbstock, dort, wo Schwimmbad, Sauna, Gymnastikraum, Dr. Hrubys Ordination, die Räume für Friseur, Fußpfleger und die beiden Massagezimmer untergebracht sind, stehen Heimbewohner, Betreuer und Schwestern wild gestikulierend und einander anschreiend herum. Herr Broträger und Frau Zwachula geben sich alle Mühe, die Menge zu beschwichtigen.

Erst Kommissar Laschober, der aus dem von Polizisten abgeschirmten Massagezimmer heraustritt, kann sich mit befehlsgewohnter, sehr lauter Stimme Gehör verschaffen. »Meine Herrschaften, bitte begeben Sie sich in die zur Verfügung stehenden Aufenthaltsräume oder in Ihre Zimmer! Hören Sie auf, herumzuspekulieren, bewahren Sie Ruhe und warten Sie, bis wir Sie befragen.«

Frau Zwachula klatscht in die Hände, so als würde sie Hühner vor sich her scheuchen, und sagt rhythmisch: »Bitte, Damen und Herren, begeben Sie sich in Ihre Unterkünfte; Sie machen alles nur viel schwerer!«

Eine Frau mit blausilbrigen Haaren empört sich: »Also bitte, wir sind doch keine Kindergartenkinder!«

Frau Zwachula antwortet undeutlich, und ihr Klatschen verebbt: »Sind Sie sich da sicher?«

Die aufgeregten, teils entsetzten Insassen beginnen sich zu zerstreuen, wobei zu beobachten ist, dass die Ehepaare einander durchwegs an den Händen halten und entgeistert die Köpfe schütteln, also eindeutig unter Schock stehen, sich aber langsam entfernen, während sie sich immer wieder umschauen.

Alleinstehende Bewohner wie Frau Rothe, Herr Zapletal und der erst neulich zugezogene Herr, dem der linke Unterarm fehlt, weichen zwar ein wenig zurück, blicken aber beharrlich mit geriatrischer Sensationsgier auf das Szenario.

Mit dem Gesicht nach unten liegt eine Frau, nackt bis auf eine für die Situation fast zu frivole Spitzenunterhose, auf dem Massagetisch. Unter dem zweiten Halswirbel steckt ein merkwürdiges Messer, das mit der Klinge, den grünen Kunststoffgriff nicht mitgerechnet, etwa fünfzehn Zentimeter aus der Einstichstelle ragt.

Die Wunde blutet fast nicht, weil die – offensichtliche – Mordwaffe größeren Blutaustritt verhindert.

»Ich werde das *Juventus* verlassen«, zischt Frau Rothe neben mir, »man ist ja des Lebens nicht mehr sicher.«

»Wer macht denn so etwas?«, fragt ein alleinstehender Herr in exakt dem Tonfall, wie diese Frage in fast jedem Kriminalfilm beim Anblick schockierend zugerichteter Leichen gestellt wird.

Ich flüstere der Rothe ins Ohr: »Die Kraft für so etwas hätte der Zapletal.«

Sie flüstert zurück: »Und als Fleischhauer weiß er auch, wie und wo man zustechen muss.«

Herr Zapletal sagt ausgerechnet jetzt: »Abg'stochen wie eine Sau.«

Frau Rothe blickt schockiert und sieht mich dann vielsagend an.

Der Neuzugang, heute mit Lederprothese, wendet sich an Zapletal: »Na, Sie sind mir ja ein appetitlicher Bursche.«

Herr Zapletal schickt sich an, etwas Grobes darauf zu sagen, kommt aber nicht dazu, denn Kommissar Laschober tritt vor die Herumstehenden.

»Bitte, Damen und Herren, ersparen Sie sich das Folgende und gehen Sie weg! Sie werden die Tote dann ohnehin identifizieren müssen.«

»Kommen Sie, Rainer«, zupft mich die Rothe, »gehen wir ins Fernsehzimmer, sie ziehen das Mordinstrument raus, und sicher drehen sie sie um.«

Ich lasse sie vorgehen, während ich zwischen den beiden Polizisten, die das Massagezimmer abschirmen, hindurch sehe, wie Dr. Hruby das Ding nicht ohne Kraftaufwand aus der Wunde zieht und zusammen mit zwei Betreuern die Tote umdreht.

Es ist die Schwester, die mich vor ein paar Wochen beschuldigt hat, Jonas, Waltrauds Mann, vor die U-Bahn gestoßen zu haben.

Schwester Erika, wie sich anher herausstellt.

Mitten unter den Schaulustigen fuchtelt der an seiner Kleidung erkennbare Gärtner herum und sagt immer wieder mit eindringlicher, ja entsetzter Stimme: »Ich habe es gesucht, es muss mir aus dem Gürtel gefallen sein … ich kenne die Dame gar nicht. Sie müssen mir glauben! Was hätte ich für einen Grund, ihr so etwas anzutun?« Er wendet sich an mich, nimmt mich an den Oberarmen: »Ich war gar nicht da, ich war im Garten und habe mein Stecheisen gesucht … haben Sie mich nicht gesehen?«

Ich nehme seine Hände von meinen Schultern: »Also, im Garten waren Sie nicht.«

»Aber natürlich war ich …«

»Ich habe Sie nicht gesehen.«

Er blickt sich um, ob jemand seine Worte bestätigt, aber alle wenden sich ab und weichen ein wenig zurück.

Hermine sieht mit festem Blick zu, wie Schwester Erika mit einem der gelben Anstaltslaken zugedeckt wird, während Ettenauer mit schafsgesichtiger Miene die Szene verfolgt.

Der Schrecken über den Anblick des Todes löst sich in Befriedigung auf; denn man ist nicht selbst der Tote. Der Augenblick des Überlebens ist der Augenblick der Macht.*

Als Herr Zapletal den Herrn ohne Unterarm unsanft wegschiebt und polternd sagt: »Sie verstellen mir die

---

* Elias Canetti

ganze Aussicht«, fühlt sich Frau Rothe bemüßigt, »Sie Rüpel!« zu sagen.

Zapletal hat keine Zeit für eine entsprechende Replik, denn drei Polizisten schieben uns vom Tatort weg, was Laschober ungeduldig kommentiert: »Bitte suchen Sie Ihre Zimmer auf, Sie werden dann von den Beamten zur Befragung ... äh ... gebeten.«

Die merklich entsetzten Bewohner zerstreuen sich trotzig und räsonierend. Hermine führt den schreckensbleichen Ettenauer weg und wirft mir dabei einen messerscharfen Blick zu.

Kommissar Laschober und seine Leute haben sich *Das Café* ausgesucht, um uns zu befragen.

Gerade wird der Gärtner verhört. Vor der geschlossenen Tür mit den Milchglasscheiben steht ein Polizist und blickt unbewegt, um nicht zu sagen, gelangweilt drein.

Ich warte mit der Rothe, einem korpulenten Ehepaar, beide in Hausschuhen und Schlafrock, und Hermine, die, so scheint es, sich schützend vor Ettenauer gestellt hat.

Ettenauer ist von der Lage überfordert, fragt Hermine wiederholt: »Was soll ich denn sagen? Du warst doch mit diesem Caofal im Garten?«

Gerade als Hermine mir wiederum diesen schneidenden Blick zuwirft, hört man von drinnen den Gärtner jammern: »Natürlich sind da meine Fingerabdrücke drauf, es ist mein Werkzeug, mein Stecheisen.«

»Und Sie«, wende ich mich an Ettenauer, »wo waren Sie? Wo waren Sie, als es passiert ist?«

Ettenauer sagt mit aufgerissenen Augen: »Ich war bei der Pediküre.«

»Aah, Sie waren bei der Fußpflege, neben dem Massageraum, also direkt am Tatort!«

Ettenauer reißt die Augen noch weiter auf: »Ich ...«

Hermine unterbricht ihn: »Sie brauchen ihm gar nichts zu sagen, Karl! Und er darf Sie auch nichts fragen«, sie wendet sich mir zu, »und Sie spielen sich da gefälligst nicht auf, Sie ...«

Der Beamte, der vor dem Café Wache hält, blickt Ettenauer an, ihm ist dessen nervöses Alibi-Gestammel sichtlich suspekt.

Obwohl wir alle fünfzehn Minuten versetzt zur Befragung bestellt werden, hat sich vorm Café ein Rückstau gebildet.

Herr Zapletal drückt sich aufdringlich an Frau Rothe, wir alle sprechen leise miteinander, auf verschwörerische Art.

Nur Zapletal blökt mit seinem sonoren Organ: »Ich weiß gar nicht, was die von mir wollen. Wenn die nicht einer abg'stochen hätt, ich hätt gar nicht g'wusst, dass die bei uns arbeitet.«

Die Rothe stößt Zapletal einen Ellbogen in die Seite: »Brüllen Sie da nicht so rum, Sie grober Mensch, Sie ...«

»Aber, ich bitt Sie, Sie kleines Katzerl, wir zwei kommen gar nicht in irgendeinen Verdacht; wir waren zur ... wie sag'n s' im Fernsehen ... zur Tatzeit da vorn im Wirtshaus auf eine Gulaschsuppn.«

Die Rothe verdreht peinlich berührt die Augen. »Müssen Sie da so rumplärren? Das geht doch keinen was an!«

»Wieso wissen denn Sie, wann die Tatzeit war?«, frage ich.

»Was soll das heißen«, faucht mich Zapletal an, »wollen Sie mir was umhängen?«

»Um Gotteswillen, Herr Zapletal, wo denken Sie hin? Ich sage nur, wir wissen doch gar nicht, wann es passiert ist. Ich habe nur geglaubt, Sie wissen vielleicht mehr.«

»Es muss passiert sein gegen Ende meiner Pediküre«, stammelt Ettenauer, »Fräulein Erika hat den Kopf zur Tür reingesteckt und gesagt, sie ginge schon ins Massagezimmer rüber.«

»Aha«, sage ich, »wo war denn dann der Masseur?«

Hermine sagt ungeduldig: »Aber der Fußpfleger ist doch der Masseur!« Sie blickt mich wiederum an, misst mich mit hochgezogenen Brauen von oben bis unten.

»Ich habe für Schwester Erika schon alles hergerichtet gehabt«, sagt der Masseur und Fußpfleger geflissentlich, »sie soll sich schon hinlegen, habe ich gesagt, und entspannen. Dann bin ich auf die Toilette beim Gymnastikraum gegangen, und wie ich zurückkomme …«

»Erzählen S' das dann den Kieberern!«, bellt Zapletal grantig.

Der Gärtner kommt vom Verhör aus dem Café heraus, wendet sich an uns: »Da müssen S' aufpassen, dieser Kommissar verdreht Ihnen jedes Wort im Mund!«

Hermine lassen sie schon nach ein paar Minuten gehen, sie schaut mich eigentümlich an: »Sie und ich müssen dann noch einmal zusammen hinein.«

Ettenauer schaut aus seinem Schafsgesicht heraus, möchte ansatzweise protestieren, wird aber in dem Moment zum Verhör hineingerufen.

Zapletal zupft Frau Rothe am Ärmel: »Kommen Sie, gehen wir auf einen Elektrischen* in die Konditorei vor; die Warterei da ist ja lähmend.«

---

* Großer Mokka mit kleinem Weinbrand

Sie schüttelt die Hand ab: »Kommt nicht infrage! Außerdem haben Sie doch eh schon drei Krügel Bier getrunken.«

»Zwei!«

Sie wendet sich uns zu: »Bis jetzt hab ich geglaubt, er kann wenigstens bis drei zählen.«

Ettenauer kommt heraus, sichtlich eingeschüchtert. »Er hat mich gefragt, was ich gemacht habe, während der Fußpfleger am Klo war.«

»Und was haben Sie gesagt?«, will Hermine wissen.

»Gar nichts habe ich gemacht ... die Socken und die Schuhe habe ich mir angezogen und bin auf mein Zimmer gegangen.«

»So, so«, sage ich anzüglich und weide mich an Ettenauers Waschlappengesicht.

»Was soll das heißen: ›so, so‹?«, fragt er lahm.

»Gehen Sie in Ihr Zimmer, Herr Ingenieur«, sagt Hermine, »ich komme nachher ...«, dabei deutet sie auf mich, »ich komme nachher gleich zu Ihnen.«

Die Tür vom Café geht auf, ich höre die Stimme von Kommissar Laschober: »Holen Sie Frau Hermine Thaler und Herrn Rainer Caofal herein.«

Ein Uniformierter führt uns zu einem kleinen Sensor, und wir sind angehalten, jeweils eine Fingerkuppe darauf zu drücken, bis es piepst und wir den nächsten Finger auflegen können.

»Fingerabdrücke!«, sage ich zu Hermine.

»Was Sie nicht sagen«, antwortet sie.

Laschober bittet uns, vor seinem Tisch, auf dem ein Laptop steht, auf je einem Sessel Platz zu nehmen.

Er reibt sich das Kinn, während er auf den Bildschirm schaut, macht ein paarmal »hm, hm«, blickt dann auf und sagt: »Folgendes, Frau Thaler und Herr Caofal, reden wir nicht lange herum, Ihre Fingerabdrücke, vor allem die Ihrigen, Herr Caofal, sind ganz frisch und überdeutlich auf Klinge und Knauf der Tatwaffe nachgewiesen.«

Hermine sieht mich an, ich schaue Laschober an.

»Was sagen Sie dazu?«, fragt Laschober lauernd und wendet sich an den Beamten, der offensichtlich Protokoll führt. »Bitte jetzt aufmerksam mitschreiben!«

»Was soll ich zu was sagen?«, frage ich.

Laschober schaut mich wieder eine Weile schweigend an, möchte etwas sagen, wird aber unterbrochen.

Hermine (kleinlaut): »Wir waren im Park spazieren ...«

Laschober: »Also Sie, Frau Thaler, und Sie, Herr Caofal ...?«

Hermine: »Ja.«

Ich (will Hermine zeigen, dass ich solchen Situationen gewachsen bin, ein Laschober mich nicht beeindrucken kann und ich keine solche Lusche bin wie Ettenauer): »Ich bin im Zuge des Spazierganges mit dem Fuß im Gras auf etwas gestoßen, habe es aufgehoben, um zu sehen, was da liegt.«

Laschober (präsentiert eine Plastikhülle, in die der Unkrautstecher eingepackt ist): »Handelt es sich um dieses ... um das Tatwerkzeug?«

Hermine und ich (unisono): »Ja.«

Laschober: »Und?«

Ich: »Wir haben es angeschaut, hin und her gedreht ...«

Hermine: »... darum sind eben unsere Fingerabdrücke drauf.«

Laschober (wartet, bis der Beamte alles aufgeschrieben hat): »Ah ja. Und weiter?«

Ich: »Nichts weiter. Wir haben das Messer auf den kleinen Mauervorsprung bei den Blumen gelegt ...«

Hermine: »... damit es der Gärtner gleich findet, wenn er es sucht.«

Laschober: »Woher wussten Sie, dass es dem Gärtner gehört?«

Hermine: »Wem denn sonst?«

Laschober: »Und dann?«

Ich: »Ich bin dann in mein Zimmer raufgefahren und habe gelesen.«

Laschober (lauernd): »Was haben Sie gelesen?«

Ich (mit witzigem Unterton): »Der Mörder ist immer der Gärtner.«

Laschober (sieht mich an, als wäre ich ein Fabeltier, wendet sich an den Schriftführer): »Nicht aufschreiben!« (zu mir), »Für Witze ist die Sache zu ernst! Also, was haben Sie gelesen?«

Ich: »›Im Land der letzten Dinge‹, Paul Auster.«

Laschober (zu Hermine): »Und Sie?«

Hermine: »Ich wollte Herrn Ettenauer von der Massage abholen, die war aber schon vorbei, und Schwester Erika lag mit dem Gesicht nach unten auf der Liege.«

Laschober: »Herr Ettenauer wurde zur Tatzeit also von niemandem gesehen?«

Hermine (entrüstet): »Also, Sie werden doch damit nicht sagen wollen, Herr Ingenieur Ettenauer hätte die junge Frau hinterrücks ermordet?«

Laschober: »Ich will gar nichts sagen, Frau Thaler, ich stelle nur Tatsachen fest.«

Hermine (empört): »Das ist ja ...«

Laschober: »Was haben Sie gemacht, nachdem Sie Herrn Ettenauer nicht angetroffen haben?«

Hermine: »Ich bin hierher ins Café gegangen und habe den neuen Gast getroffen, dem der linke Unterarm fehlt, Herrn Schüller oder Schubert, ich weiß nicht, dann haben wir den Aufschrei des Masseurs gehört ...«

Ich warte nicht, bis Laschober mich fragt, ich sage unaufgefordert: »Als ich den Tumult gehört habe, bin ich hinunter.«

»Direkt von Ihrem Zimmer?«

»Selbstverständlich«, sage ich aus einer Erinnerungslücke heraus, denn mein Erinnern hat sich in letzter Zeit spürbar verschlechtert.

»Ich frage Sie das, Herr Caofal, weil ein Ehepaar, Herr und Frau Kohlmeier, ausgesagt hat, Sie wären beim Ort des Geschehens, dem der Aufzug fast direkt gegenüber liegt, nicht aus dem Lift ausgestiegen, also nicht von einem der oberen Stockwerke, sondern, gewissermaßen von ebenerdig hinten, also vom Garten gekommen. Was sagen Sie dazu?«

Was soll ich dazu sagen? So viel Präsenz habe ich noch, dass ich, glaube ich, gesagt habe: »Was ich weiß, bin ich direkt von meinem Zimmer hinuntergegangen. Ich wollte mit dem Lift fahren, der aber ständig von andern benützt worden ist, also bin ich über das Stiegenhaus gegangen, das ja weiter hinten in den Halbstock mündet.«

»Hmm«, Laschober reibt sein Kinn, »Sie sind zwei Stockwerke hinunter zu Fuß gegangen?«

»Ich weiß es nicht mehr genau, Herr Kommissar, ich kann mich oft an Kleinigkeiten nicht mehr erinnern. Das Alter, Herr Kommissar, das Alter.«

»So, so, so«, Laschober wirft mir einen ausdruckslosen Blick zu, »Sie wirken – auch geistig – noch ganz fit.«

Ich zucke mit den Achseln.

»Die Erinnerungsschwaden beginnen sich zu verziehen und geben immer mehr den Blick auf beinahe nichts frei.«

»Danke, Sie können gehen.«

Hermine steht auf.

Als auch ich aufstehe, sagt Laschober schnell: »Sie brauche ich noch, Herr Caofal.«

Hermine wirft mir beim Hinausgehen diesen Blick zu.

Laschober lehnt sich zurück, schaut mich an, beugt sich wieder vor: »Herr Caofal«, beginnt er gallig, »kennen oder, besser, kannten Sie das Mordopfer von früher?«

Ich: »Schwester Erika? Nein.«

Er (sich noch weiter zu mir beugend): »Herr Caofal, Schwester Erika hat mir erzählt, dass Sie vor circa fünfundzwanzig, dreißig Jahren ein Verhältnis mit einer gewissen ...« (Laschober stöbert kurz in seinen Unterlagen) »... Waltraud Bromayer gehabt haben sollen?«

Was will er von mir?

Meine Erinnerung im Allgemeinen und vor allem im Besonderen lässt, wie gesagt, zunehmend nach. Schließlich bin ich tot, erschlagen oder auch nicht, und wahrscheinlich ist es bald so, dass sich in absehbarer Zeit die letzten Nebel der Erinnerung auflösen und ich richtig tot bin. Möglicherweise bin ich bereits begraben, eingeäschert, liege in der Prosektur, oder der Pathologe wiegt meine Organe ab.

Waltraud Bromayer? Keine Ahnung. Die Anthroposophin mit den weißen Füßlingen?

»Ja, Waltraud ... was ist mit ihr?«

»Machen wir es kurz, Herr Caofal; Schwester Erika sagt, sie hätte gesehen, wie Sie Herrn Jonas Bromayer vor eine fahrende U-Bahn gestoßen hätten.«

»Ich hätte ... was?«

»Schwester Erika hat auch ausgesagt, sie hätte Ihnen erzählt, dass sie Zeugin Ihres Mordes an Herrn Bromayer gewesen wäre – grundsätzlich ein Mordmotiv.«

»Wie?«

»Wir haben hier auch die Aussage des Sohnes von Waltraud und Jonas Bromayer, Xaver Bromayer, aus der hervorgeht, dass Sie die Eheleute Bromayer gut gekannt haben.«

»Ich kann mich nicht erinnern, jemals wen gekannt zu haben, der oder die Bromayer geheißen hätte.«

Dann legt Laschober ein Foto vor mir auf den Tisch, das einen Toten in einem Krankenhausbett zeigt.

»Ist Ihnen dieser Herr vielleicht bekannt?«

Ich betrachte ratlos das Bild.

»Nein. Wieso?«

»Er heißt Gottfried Belakowitsch. Eine Angehörige hat ausgesagt, dass Sie ihn gekannt haben. Sie nannte ihn Gotschi.«

»Nie gehört.«

»Er ist einem Herzinfarkt erlegen ...«

»Aha ...«

»... einem Herzinfarkt erlegen, weil jemand ihm absichtlich seine Infusion abgestellt hat.«

Ich seufze: »Im Spital sterben die Leut.«

Ich habe keinerlei Bilder vor Augen, nur dass der Tod seine schwarze Kapuze langsam über das Erinnern zieht. Aber es wird nicht merklich dunkler, richtig hell ist es ja nie gewesen. Es ist schwer zu beschreiben, es wird ... schwächer? Leiser? Weniger?

Das richtige Totsein kommt näher. Eine ohnehin rasche Schnittfrequenz wird immer rasanter, bis man nur mehr Einzelbilder erkennen kann, eine Kabinen-Show, wo die Klappe nur kurz aufgeht.

Laschober sagt: »Sie müssen mit aufs Kommissariat, wir möchten Sie auch zu anderen unklaren Todesfällen befragen, die mit Ihnen in irgendeinem Zusammenhang stehen.«

»Was soll denn ich ... ein Greis ...?«

»Ich möchte auch ein psychiatrisches Gutachten einholen ...«

»Aber warum denn?«

Seine Antwort enthält mir meine Erinnerungs-Peep-Show vor.

Ich gehe auf mein Zimmer.

Im Aufzug begegne ich Ettenauer und Frau Rothe, beide in den anstaltseigenen Bademänteln. Sie kommen offenbar von der Sauna. Das Gesicht der Rothe ist verschwitzt, und sie atmet schnell. Sie ist naturgemäß ungeschminkt, und ich sehe zum ersten Mal, dass sie ein scharfgeschnittenes Vogelgesicht hat, das ich bislang, unter raffiniertem Make-up verborgen, noch nie bemerkt habe. Ihr großer, hagerer Körper ist in den Bademantel gehüllt, aus dem ihre dünnen Beine herausragen, die in derben Füßen mit abstoßend großen Zehen münden. Ihre Füße überragen in Länge und Breite ihre Flip-Flops. Ettenauer steht in seiner Käsigkeit neben ihr, und mir scheint, dass beide – besonders Ettenauer – peinlich berührt sind. Ich erinnere mich nicht, ob heute Sonntag ist, also »gemischte Sauna«, aber an jedem anderen Tag war eine oder einer der beiden illegal in der Sauna gewesen. Vielleicht wirken die beiden deswegen so verstört ... oder diente der Saunabesuch gar ...?

Ettenauer steigt im ersten Stock aus, und die Unverbindlichkeit, mit der er sich von der Rothe verabschiedet, legt den Verdacht noch näher, dass die beiden in der Sauna – womöglich im Zuge eines Aufgusses – miteinander etwas anstellten, was ich mir gar nicht vorstellen möchte.

Das Erinnerungsfenster schließt sich. Wie lange es geschlossen bleiben wird, lässt sich nicht sagen, denn so etwas wie verstreichende Zeit gibt es in meinem Zustand nicht.

Die Klappe geht auf und gibt ein neues Bild frei.

Im *Das Café* reden Herr Broträger und Frau Zwachula auf die teils verständnislos wirkenden Gäste ein, dass hochwahrscheinlich ein Mörder unter uns ist und die Sicherheitsvorkehrungen auf Anraten der Polizei »verschärft« werden müssen.

»Darf ich Ihnen, liebe Bewohner, Herrn Revierinspektor Faulhaber vorstellen, der unser Haus bewachen, vor allem aber drinnen patrouillieren wird.«

Herr Faulhaber tippt beiläufig an den Rand seiner Dienstkappe und hebt an, den »lieben Bewohnern« ihrer Sicherheit dienende Unterweisungen zu geben.

Frau Rothe sitzt mit Ettenauer im *Das Café*, und es scheint, als herrsche eine neue Vertrautheit zwischen ihnen. Die Rothe ist, entgegen dem letzten Mal, als ich sie mit Ettenauer im Aufzug erwischt habe, wieder sorgfältig zurechtgemacht. Ettenauer trägt seinen florentinroten Seidenschlafrock.

Die beiden haben etwas Trotziges, wie sie so dasitzen; als wollten sie der ganzen Welt sagen: »Ja, seht nur her, wir haben was miteinander.«

Die Rothe sieht mich mit einem kokett-vorwurfsvollen Blick an, der »Sehen Sie, Rainer, es hätte auch anders kommen können« sagt. Gleich darauf verengt sie die trüben Augen zu Schlitzen, denn hinter mir taucht Hermine auf. Ettenauers Miene nimmt diesen ängstlichen, schafskäsigen Ausdruck an, als Hermine wortlos vorbeigeht und an einem freien, möglichst weit entfernten Tisch Platz nimmt.

Jetzt ist deine Chance, sage ich mir, setze mich aber nicht zu ihr, sondern nehme eine dieser Miniatur-Vasen mit zwei Kunststoff-Gänseblümchen, die seit neuestem routinemäßig auf jedem Tisch stehen, nur auf dem nicht, an dem Hermine, geradezu mit pastoraler Ablehnung sitzt.

Ich stelle die Vase behutsam in die Mitte des Tisches und versuche, ihr vielsagend in die Augen zu schauen, was dadurch erschwert wird, dass sie mich keines Blickes würdigt. Ich verbeuge mich artig, da sieht sie mich an und gleichzeitig durch mich hindurch.

Um diese Zeit ist nicht viel los im Café. Nur noch ein Ehepaar, das aneinander vorbeiblickt, sich so gut wie nicht bewegt und kein Wort spricht, sitzt in einer schlecht beleuchteten Ecke.

Hermine sitzt allein an dem Tisch außerhalb des Zentrums des Raumes. Ich nehme an dem Tisch schräg gegenüber Platz, jenem Tisch, an dem Frau Zapletal so tragisch-komisch ums Leben gekommen ist.

Ich bestelle ein Bier (es gibt nur alkoholfreies), trinke ein, zwei Schlucke und sage dann unvermutet: »Sehen Sie ein, Hermine, dass Sie mit mir besser dran wären?«

Sie schiebt die kleine Vase von sich weg und antwortet nicht.

»Ich finde es letztklassig, wie sich Herr Ettenauer Ihnen gegenüber benimmt, noch dazu vor allen Augen.«

Sie sieht mich an, schweigt, zieht die Vase ein Stück zu sich, sagt dann: »Er will etwas, was ich ihm nicht geben kann.«

Ich wage es: »Darf ich mich zu Ihnen setzen?«

»Meinetwegen.«

Ich stehe auf, setze mich ihr gegenüber und schiebe die Vase wieder ein Stück zu ihr. »Was wollte er denn?«

»Sex«, antwortet sie angewidert.

Ich bin erleichtert, dass ich ihr nicht antworten muss, denn in diesem Augenblick steht Ettenauer auf, lässt die Rothe einfach sitzen und kommt entschlossen auf uns zu.

Ohne mich zu beachten, wendet er sich an Hermine: »Bitte, lass uns reden.«

»Wie Sie sehen, rede ich gerade mit Rainer.«

Sie sagt zum ersten Mal »Rainer«, vermutlich nur, um Ettenauer zu ärgern. Trotzdem macht es mich froh.

Ettenauer sagt den blödesten Satz, den man in dieser Situation sagen kann: »Hermine, es ist nicht so, wie du denkst …«

Die Rothe springt auf, wirft die Mehlspeisgabel auf den Teller und läuft zornig schluchzend aus dem Raum.

»Ihrer Begleiterin scheint es nicht gut zu gehen, Herr Ettenauer«, sagt Hermine. Sie sieht Ettenauer desinteressiert an, und trotz ihrer Märchenaugen ist ihr Blick eisig kalt.

Als Ettenauer wieder das Wort an sie richtet und sie ihn weiterhin ignoriert, überlege ich, was ich tun soll. Einfach sitzen bleiben wie ein schlechter Geruch kann es nicht sein; mich in die Diskussion einmischen auch nicht, und – ganz gegen meine Natur – handgreiflich zu werden widerstrebt mir.

Ettenauer wimmert etwas von »Sehnsucht nach Zärtlichkeit« und dass es mit Frau Rothe nicht zum »Äußersten« gekommen sei, dass er »den Gleichklang ihrer Seelen« nicht missen möchte, aber sie verstehen müsse, dass er, zwar selten, aber doch, noch andere Bedürfnisse habe, die sie, Hermine, ihm nicht geben könne oder wolle.

Sie antwortet ihm nicht, blickt zwischen ihm und mir hindurch. Ettenauer macht einen Schritt auf sie zu, was mich – wie gesagt gegen mein Naturell – aufstehen, mich schützend vor Hermine stellen und vor ihm aufpflanzen lässt. Ettenauer ist zwar einige Jahre jünger als ich, dafür bin ich einen halben Kopf größer

Plötzlich schreit er mich an: »Gehen Sie mir aus dem Weg, Sie …«, er senkt die Stimme wieder, »oder die Polizei erfährt von mir ein paar Absonderlichkeiten über Sie …«, er erhebt die Stimme wieder, »Sie gehören ja weggesperrt!«

Die Rothe kommt zusammen mit Frau Zwachula und dem diensthabenden Rayonsinspektor Faulhaber herein.

Sie zeigt mit knöchrigem Finger auf Ettenauer: »Dieser ›Herr‹ weiß sich nicht zu benehmen! Zuerst ist er in der Sauna übergriffig geworden – obwohl heute Damentag ist –, und jetzt versucht er es offenbar bei Frau Thaler!«

»Was reden Sie denn da, Frau Rothe! Sie haben mich doch in die Sauna eingeladen, ›Damentag hin, Damentag her‹, haben Sie gesagt …«, Ettenauer wendet sich an

Inspektor Faulhaber, »alles Übergriffige in der Sauna geschah einvernehmlich!« Während dieser Worte geht er auf die Rothe zu, die sich – lächerlicherweise – hinter dem Polizeibeamten versteckt.

Frau Zwachula schüttelt den Kopf. »So kenne ich Sie gar nicht, Herr Ingenieur.«

Faulhaber stellt sich so hin, dass nun er hinter der Rothe steht, und beginnt linkisch amtszuhandeln. »So, Herrschaften, wir gehen jetzt alle wieder in unsere Zimmer und tun uns beruhigen.« Zur Rothe sagt er: »Wenn Sie jemand sexuell belästigt haben sollte, dann wenden Sie sich bitte an die Polizei und erstatten Anzeige.«

Ettenauer steht noch immer, soweit es ihm möglich ist, drohend vor mir; ich deute einen kurzen Schritt in seine Richtung an, er zuckt verschreckt zurück. »Wagen Sie es nicht, Sie Irrer!«

Inspektor Faulhaber »schreitet« ein, indem er ihn schonend am Oberarm nimmt und, als spräche er zu einem schwachsinnigen Kind, sagt: »Wie gesagt, wir tun uns beruhigen und gehen brav in unsere Zimmer.«

Ettenauer schaut noch einmal flehentlich zu Hermine, wendet sich dann ab und verlässt die Szene, nicht ohne die Augen vor den Blicken Frau Zwachulas und vor allem denen von Frau Rothe niederzuschlagen.

Faulhaber macht linkisch eine auffordernde Geste zu Hermine und mir. Hermine steht hastig auf, wirft dabei die kleine Vase mit den Gänseblümchen um und eilt hinaus. Frau Zwachula verlässt *Das Café* mit den Worten »Das ist ja ein Irrenhaus da« und geht kopfschüttelnd zu ihren Büroräumen.

Die Rothe versucht, sich bei Ettenauer zu entschuldigen, sie habe es nicht so gemeint mit »übergriffig«, sie habe es nur aus Schmerz gesagt, als sie gesehen hat, dass Ettenauer sich wieder Hermine zuwendet.

Die Bilder, die mir meine schwindende Erinnerung liefert, werden nicht nur wieder unschärfer, sondern beginnen langsam im Zeitraffer abzulaufen.

Herr Broträger erscheint forschen Schrittes, wendet sich an Inspektor Faulhaber, fragt: »Ist alles in Ordnung, Herr Inspektor?«, sieht dabei aber Ettenauer an, der verdattert dasteht, während die Rothe für ihn antwortet: »Jaja, kein Grund zur Sorge …«

Ich sehe, wie Hermine in den Aufzug tritt; ich könnte mich noch in die Kabine pressen, aber ich denke, dass es unpassend wäre, mit ihr im Lift zu fahren. Nein, für das, was ich ihr zu sagen habe, muss ich ihr in ihr Luxuszimmer folgen. Als ich, so schnell es mir möglich ist, die Stiegen in den zweiten Stock hinaufgehe, schwindelt mir, ich bekomme weiche Knie, so wie damals, als ich die Synkope hatte, ich muss mich am Handlauf festhalten, kriege kaum Luft und bin einige Sekunden taub.

Herr Zapletal kommt mir mit ausgebreiteten Armen entgegen und lacht sein dreckiges Fleischhauerlachen: »Schwarteln Sie der schönen Hermine nach, Caofal? Passen Sie auf, dass Ihnen noch eine Luft bleibt, wenn es ernst wird.«

Ich umgehe ihn; noch ein paar Schritte, und ich stehe vor Hermines Zimmer. Ich klopfe entschlossen an die Tür, rufe: »Hermine!«

Nichts. Ich blicke mich um. Niemand da.

»Hermine!«

Ich weiß nicht, wie oft ich gerufen und angeklopft habe. Schließlich öffnet sich die Tür einen Spalt breit: »Was wollen Sie denn?«

Ich möchte nicht vor der halb geschlossenen Tür stehen, wenn ich mich ihr erkläre. Ich drücke Hermines Tür auf, dränge sie in ihr Zimmer, husche hinein und ziehe die Tür hinter mir zu.

»Was fällt Ihnen ein? Verschwinden Sie sofort, oder ich rufe diesen Polizisten!«

Ich nehme sie in die Arme, sie wehrt sich, setzt zu einem Hilferuf an, ich halte ihr energisch den Mund zu, schiebe sie so sanft wie möglich ins Schlafzimmer, sie wimmert und versucht, mich in die Hand zu beißen. Hermines Augen sind aufgerissen und schimmern silbrig blau. Jetzt beißt sie mich zum zweiten Mal heftig, und ich halte ihr nicht nur den Mund, sondern zusätzlich mit Daumen und Zeigefinger die Nase zu.

Ich erinnere mich, dass wir auf ihrem Bett liegen, ich obenauf und ihr noch immer Mund und Nase zuhalte.

Ich sage ihr all das, was ich ihr schon seit damals sagen will, als ich sie zum ersten Mal gesehen habe. Die ungekannten Gefühle, die sie in mir weckt, der uneigennützige Wunsch, in ihrer Nähe zu sein, der mich wie eine riesige Woge flutet, das Sehnen, sie in den Armen zu halten, ihr alles zu erzählen und von ihr erzählt zu bekommen, ihr bis auf den Grund ihrer Seele zu schauen und sie in die meine blicken zu lassen. Ich erinnere mich nicht, was ich alles gestammelt habe, denn mir war das Herz so voll.

»Ich liebe dich«, sage ich unter Tränen, aber da ist sie schon tot.

Eine Träne tropft aus meinem Auge auf Hermines Gesicht.

Ich habe Mühe, mich von ihr zu lösen, mich zu erheben und aus ihrem Zimmer zu gehen.

*Sideletter – Mordkommission,
zu Handen Kommissionsleiterin
Frau Mag. Pany*

*Sehr geehrte Frau Magister,
wie Sie wissen, war ich leitender Ermittler im Fall
Juventus, besser, Rainer Caofal, der jüngst, unmittelbar
nach dem von ihm verübten Mord an Frau Hermine
Thaler, verstorben ist. Ein angeborenes Hirnaneurysma
ist geplatzt, was, nachdem er die Tat im Zimmer des
Opfers begangen und dieses verlassen hatte, zu seinem
augenblicklichen Tode führte. Siehe: Obduktionsbericht
Dr. Quizow (beiliegend).
Die Vermutung, dass dieses Aneurysma spätestens
seit der Pubertät das Gehirn des Täters irritiert haben
dürfte (siehe Gespräch mit Dr. Hruby), drängt sich
auf. Das Aneurysma übte durch sein langsames Wachstum steigenden Druck auf Gehirnareale aus, die Gefühlsregungen und damit auch das Sexualverhalten
steuern. Auch, dass Rainer Caofal in Geistes-, ja
Bewusstseinsabwesenheit (Verlust des Ich-Bewusstseins) handeln – also auch töten – konnte, liegt laut
Dr. Quizow nahe.
Sehr geehrte Frau Magister, ich möchte noch einige
eigene Gedanken, Herrn Caofal betreffend, hinzufügen.
Soweit ich und meine Kollegen den Lebenslauf des
Täters überblicken können, fällt auf, dass sich im Laufe
der Zeit in seinem Umfeld immer wieder merkwürdige
Todesfälle ereigneten, sich aber nie ein ursächlicher
Zusammenhang mit seiner Person herleiten ließ.
Nach weiterer Beschäftigung mit Rainer Caofal mehrte
sich die Anzahl jener Personen, die (un)mittelbar mit*

ihm Kontakt hatten und eines nicht natürlichen Todes gestorben sind. Allerdings fanden sich auch in diesen Fällen keine Anhaltspunkte, um gegen ihn vorgehen zu können, ja nicht einmal Verdachtsmomente, um ihn als Täter in Betracht zu ziehen.
Ich selbst hatte mit Rainer Caofal vor etwa zwölf Jahren erstmals Kontakt, als ein achtzigjähriger Schlaganfallpatient, Gustav Schistek, der zusätzlich an Asthma litt, in seinem Rollstuhl bei einer Ausfahrt im Pötzleinsdorfer Park erstickt ist. Seine Frau Gertrude, Herr Caofal und eine Pflegerin, Caroline Letovsky, wurden Zeugen seines sicherlich unschönen Erstickungstodes, da sein Asthmaspray zu Hause vergessen wurde; obwohl Frau Letovsky glaubwürdig versicherte, es vor Verlassen des Hauses in ihre Manteltasche gesteckt zu haben.
Ich hatte den Vorfall zwar gemeldet, aber die Bezirksanwaltschaft erhob – wegen Aussichtslosigkeit – keine Anklage. Auch im Mordfall der Schwester Erika Huber, Betreuerin im Juventus, konnten keine Indizien gefunden werden, um Caofal in Untersuchungshaft zu nehmen. Ich allerdings könnte schwören, dass er es war, der Erika Huber erstochen hat, da ein zwingendes Motiv vorliegt. Siehe: Aussage Frau Erika Huber (beiliegend).
Ich schreibe Ihnen, sehr geehrte Frau Magister, weil ich Sie fragen möchte, ob die Möglichkeit besteht, die gegenständlichen Todesfälle im Zuge einer Cold-Case-Ermittlung zumindest teilweise aufzuklären.

Mit Dank für Ihre Geduld und den besten Grüßen
Kommissar Ferdinand Laschober

DER TEUFEL RUFT ...

... und wen er einmal gerufen hat, den holt er sich auch.
Seit dem Ableben des Dorfpfarrers geht es reichlich komisch zu in Ursprung, einer 69-Seelen-Gemeinde im Dunkelsteinerwald. Dabei sind es nicht nur brennende Stadl und heulende Wölfe, die das Landleben ins Wanken bringen. Manch einer ist überzeugt, dass hier der Teufel höchstpersönlich am Werke ist. Und auch Mano Urian, der neue Pater, hat ein seltsam anderes Verständnis vom Seelenheil seiner Schäfchen. So geht es unaufhaltsam bergab mit Pflicht, Moral und Tradition – während sich an jeder Ecke neue Versuchungen auftun.

Mit messerscharfer Ironie spürt Kultkabarettist Joesi Prokopetz menschlichen Abgründen nach und stellt dabei auf herrlich schräge Weise althergebrachte Werte und Traditionen auf den Prüfstand.

JOESI PROKOPETZ
TEUFELSKREUZ
272 Seiten · 13,5 × 20,5 cm
Klappenbroschur
ISBN: 978-3-7104-0329-3 · € 18,00